现代奇幻原典书系

The King of Elfland's Daughter

精灵王之女

[爱尔兰] 邓萨尼勋爵——著

张艺严 傅梦娟 刘慧——译

华中科技大学出版社
http://www.hustp.com
中国·武汉

图书在版编目（CIP）数据

精灵王之女 /（爱尔兰）邓萨尼勋爵著；张艺严，傅梦娟，刘慧译. -- 武汉：华中科技大学出版社，2019.11
（现代奇幻原典书系）
ISBN 978-7-5680-5805-6

Ⅰ. ①精… Ⅱ. ①邓… ②张… ③傅… ④刘… Ⅲ. ①长篇小说－爱尔兰－现代
Ⅳ. ①I562.45

中国版本图书馆 CIP 数据核字 (2019) 第 222059 号

精灵王之女 （爱尔兰）邓萨尼勋爵 著
Jinglingwang zhi Nü 张艺严 傅梦娟 刘慧 译

策划编辑：刘晚成
责任编辑：林凤瑶
特约编辑：刘小乔 徐艳华
责任校对：阮 敏
责任监印：朱 玢
装帧设计：璞茜设计 2815932450@qq.com
出版发行：华中科技大学出版社（中国·武汉） 电话：（027）81321913
武汉市东湖新技术开发区华工科技园 邮编：430223
印 刷：武汉精一佳印刷有限公司
开 本：880mm × 1230mm 1/32
印 张：7.625
字 数：161 千字
版 次：2019 年 11 月第 1 版第 1 次印刷
定 价：39.80 元

前言

我们的书名可能传达出了这样的信息：故事或许发生在某个奇异的国度。我希望读者不会因此望而却步，因为，尽管某些篇章的确是在讲精灵国度的事情，但绝大部分故事都发生在我们熟知的领域：寻常的英国森林，平凡的山村，还有普普通通的山谷，那里距离精灵国度足足有二十或二十五英里远呢。

——邓萨尼勋爵

目 录

目录

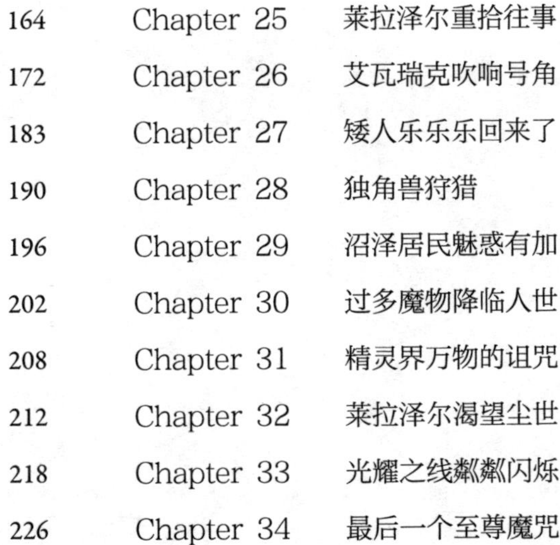

Chapter 01

艾尔议会有所计划

艾尔人前来觐见他们的王，他们穿着红色的皮革长衫，衣长及膝。长长的红色房间里，他们的王白发苍苍，神色庄重，他斜倚在雕花椅子中，听着艾尔的领头人说话。

他们的领头人这样说道：

“七百年了，您族中的领袖始终治国有方，他们的功绩被不知名的吟游诗人记诵，依然在悦耳的歌谣中传唱。但是，我们世世代代这样生活着，毫无新意。”

王问道：“你们想要什么？”

他们说：“我们想要一位会魔法的王。”

“那么，就如你们所愿。”王说道，“五百年了，我的子民已经有五百年不曾在议会上如此发言了，而议会的要求应当得到满足。你们既然如此要求，那就让你们如愿以偿吧。”

王抬起手，赐福于他们，他们便退下了。

艾尔人恢复了原先的生活，继续从事祖传的活计，制作马掌、加工皮革、种植花草，为满足俗世生活的繁杂需求而劳碌。他们沿袭着古老的生活方式，心中期盼着新生活的到来。而老国王则派人传话给长子，令他前来觐见。

年轻的王子很快来到王的面前，王仍然坐在那张雕花椅子上未曾挪步。暗淡的阳光从高处的窗户中照进来，映着王沧桑的双眼，那深邃的目光仿佛越过了旧式王朝，看向遥远的未来。王就这样坐在那里，下旨给自己的长子。

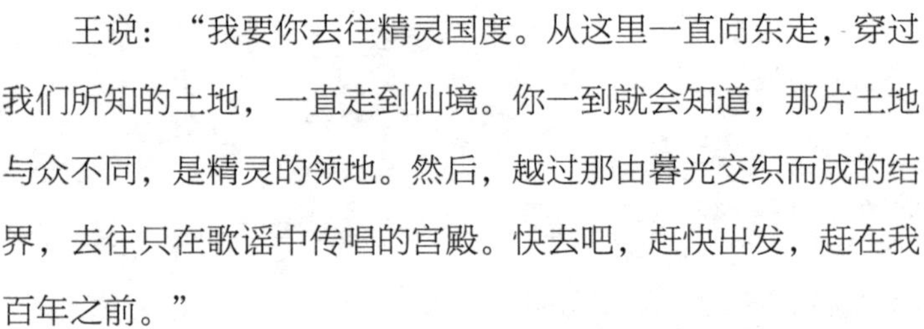

王说：“我要你去往精灵国度。从这里一直向东走，穿过我们所知的土地，一直走到仙境。你一到就会知道，那片土地与众不同，是精灵的领地。然后，越过那由暮光交织而成的结界，去往只在歌谣中传唱的宫殿。快去吧，赶快出发，赶在我百年之前。”

“那里离这儿很远。”年轻的王子说。王子名叫艾瓦瑞克。

王回答道：“确实很远。”

王子说：“回来的路还会更远，因为精灵国度计算路程的方式和我们这儿不一样。”

他的父王说：“确实如此。”

王子又问：“找到那个宫殿之后，您要我做什么呢？”

他的父王回答道：“我要你娶回精灵王的女儿。”

年轻的王子想象着美丽的精灵公主和冰铸的王冠，记起那些美妙的歌谣中曾唱道她是多么甜美。每当黄昏时分星夜未临，那歌声就在点缀着小草莓的山野间唱响，但若闻声去寻，却不见任何歌者。有时候，那歌声轻柔缥缈，只是反复吟唱她的名字——莱拉泽尔。

莱拉泽尔是精灵国度的公主，诸神在她的洗礼仪式上投下了影子。本来还有许多小精灵也要去的，但他们害怕会看到诸神的影子，那些长长的暗影在露水丰盈的原野上摇曳不定，令他们心生畏惧，因此他们躲在浅粉色的银莲花丛中，在那里向莱拉泽尔施以祝福。

老国王说："我的子民要求让一个会魔法的王来统治他们。他们很不明智，竟做出了这样的选择，只有从不露面的黑暗种族才知道这种要求会带来什么后果。我们对此一无所知，但我们要遵循古老的传统，满足子民在议会上提出的要求。也许，即使招致了危险的后果，仍会有未知的智慧之灵拯救他们。那么，你向着精灵国度的光芒去吧，那光芒会在日落之后、星斗乍现之前，赋予黄昏时光些许微明，指引你穿过我们所知的土地，抵达结界。"

随后，他解开皮质的腰带和束带，将巨大的佩剑交给年轻的王子，说："这把剑在我们的家族中代代相传，直至今日。它必将一路守护你，即使你离开我们所知的领域，进入精灵国度。"

年轻的王子接过佩剑，但他深知这柄普通的剑器并无实际助益。

在艾尔城堡附近，有一个独居的女巫。夏日里常有隆隆的雷声响彻山坡，雷电笼罩的高地上有一间低矮的茅草小屋，女巫就住在那里。她独自游荡在高地上收集闪电，经过特殊的锻造，辅以适当的魔咒，这些闪电被制成精妙的武器，足以抵御来自尘世之外的攻击。

春色最为绚烂之时，女巫也会以年轻貌美的少女形象出现，在艾尔国度的花园中独自漫步，在高高的花丛中歌唱。夜晚，天蛾开始在花间飞舞的时候，她也出门游荡。仅有极少数的人见过她，艾尔国王的长子就是其中之一。尽管爱上她绝非幸事，尽管这让他完全迷失于虚妄的幻象，艾瓦瑞克还是迷上了女巫变出的美人身形，年轻的双眸一瞬不瞬地注视着她——直到后来，不知是他讨好的甜言蜜语还是他可怜兮兮的样子打动了女巫，她没有用魔法杀死他，反而在那花园里即刻现出了原形，展现出危险女巫的真面目。即便如此，年轻的王子并没有立即移开目光，仍然以灼热的目光追随着那个游荡在蜀葵丛中的苍老身影。就这样，他赢得了女巫的感激，这可不是金钱能买来的，更不是凭借什么美好的品德能够赢来的。女巫引着他，他便跟着女巫走。在那雷声长鸣的山丘上，女巫告诉他，有朝一日，他将会需要一把特殊的剑，其原料不是任何一种从凡世土地中开采出的金属，在剑身上施以魔咒便能抵御来自凡世宝剑的一切攻击，甚至能够与精灵国度的武器相抗衡，只有三个至尊魔咒是这把剑无法抵挡的。

接过父亲佩剑的时候，艾瓦瑞克就想到了女巫。

山谷里天色将暗，他离开艾尔城堡，轻巧敏捷地攀上女巫居住的山丘。此时荒野的最高处仍留有一丝暗淡的霞光，艾瓦瑞克走近了女巫栖身的小屋，发现他要找的女巫正在屋外的篝火旁焚烧骨头。艾瓦瑞克对女巫说，现在到了他需要那把剑的时候了。女巫吩咐王子去她的花园里，翻开卷心菜底下松软的泥土里她收集到的闪电。

艾瓦瑞克照着做了。时间一分一秒地流逝，天色越来越暗，艾瓦瑞克越来越难以看清东西，但手指也逐渐适应了闪电那古怪的手感，他终于在天黑前收集到了十七支闪电。他把这些闪电包裹在丝绸手帕中，带回去交给了女巫。

在女巫身边的草地上，艾瓦瑞克放下了闪电。这些降落凡世的陌生客来自奇妙的高空，惊雷将它们抖落，沿着凡人无法踏足的路线落在了女巫的魔法花园中。尽管它们本身并无魔法，但它们却能很好地承载女巫施加的魔咒。女巫放下手中的大腿骨，转而拿起这些曾伴着风暴漫步的闪电。她先是将闪电排成一条直线，放在篝火边，然后又将燃着的木柴和余烬覆于闪电之上，拿起乌木魔杖不断拨弄它们，直至将那十七支闪电深深地埋住——它们是大地的表亲，离开了远在天上的家园，前来拜访人间。然后，女巫从篝火边退开，伸出双手，吟诵起一段可怕的魔咒。瞬间，火焰以惊人的速度暴发。起初，这不过是夜色中孤零零的一簇篝火，跟别处的火堆没什么两样；但现在，火舌吞吐，光焰闪耀，足以令流浪者望而生畏。

一个个魔咒刺激着篝火，绿色的火焰越升越高，越发炽烈。女巫不断后退，只是将吟诵魔咒的声音略微提高了一点儿。她吩咐艾瓦瑞克去拾掇木柴，将散落在原野上的乌黑橡木投进篝火。艾瓦瑞克刚投木柴进去，烈焰就立刻将它们吞噬了。女巫继续高声吟诵魔咒，绿莹莹的篝火燃烧得更加猛烈。灰烬之下，那十七支闪电再次经受着高温的炙烤。闪电自由穿梭之时，轨迹一度跨越大地；此时在余火之中，这十七支闪电再度感受到无比的炽热，尤胜于在降落此地时险恶旅途中的炽热。篝火愈燃愈烈，热浪逼得艾瓦瑞克无法近前，而女巫已经退到了几码之外高声喊出咒文。魔法火焰已经将余烬燃烧殆尽，山顶上闪耀的火光也突然消失不见，地上只留下一团暗淡的赤红光芒，就像是铝热反应留下的一摊熔融物。微光中，那把剑平卧在地，尚未凝固。

女巫走上前来，从大腿处抽出一柄剑用来修整新剑的边缘。然后，她在宝剑旁边席地而坐，一边对着宝剑轻声吟唱，一边等待宝剑冷却。此时的魔咒已经完全不同于方才鼓动火焰的魔咒。方才，她的咒语使得火焰暴发，燃尽大块大块的橡木；而现在，她只是轻柔地低声哼唱一段旋律，这旋律犹如夏日的微风，来自林间的天然花园，掠过山间溪谷——这里曾是孩童的乐园，如今却只在午夜梦回时闪现。女巫歌唱着濒临遗忘的回忆，美好年华中的黄金时刻逐一闪现又迅速淡出，再次湮灭于遗忘的阴影之中，脑海中唯余记忆里那闪亮的小脚丫留下的细碎足迹，那些痕迹我们若是隐约察觉到了就将之称为遗憾。女巫还唱到了旧日里风信子盛开的夏日午后，虽是在黑暗的荒原中歌唱，她的歌声中却满含清晨的朝气与黄昏的安宁，这样的点点滴滴本将消失无踪，现在却被女巫的魔法留存。歌声中的晨昏如此饱满生动，令艾瓦瑞克不禁猜测，这篝火从幽冥中引来的小小飞虫，会不会都是已逝时光的幽灵？是不是女巫的歌声，将它们从更加美好的往昔中唤醒？奇异的金属不断冷却硬化，白色的液体凝固成鲜红，红光渐而黯淡。与此同时，剑身不断地收缩，它变得更加紧凑，其间的裂隙纷纷闭合，吸纳着周围的空气，女巫吟唱的魔咒便随着空气渗入其中，永不消逝。这样，它成了一把魔法剑。它拥有英国山林的一切魔法，从银莲花开到秋叶飘零；它也拥有南部开阔高地的一切魔法，那里安宁祥和，唯有绵羊群悠然漫步；它还拥有着百里香的香味和丁香花的模样；还有四月里黎明前鸟儿的齐声合唱，杜鹃花丛深以为傲的壮丽光彩，溪流的轻盈身姿与欢声笑语，以及绵延数里的山楂花。

没有人能够全方位地描述这把剑。有些人知道铸造它的金属曾以怎样的轨迹漂浮在宇宙中，后来地球沿轨道运行时又是怎样逐一将它们捕获的，但这些人却不会花费精力去研究魔法这一类东西，因此他们没办法说清楚这把剑是怎样炼成的。有些人虽了解诗歌从何而来、人类为何需要歌唱，或者是对魔法的五十个分支中的任何一项都了如指掌，但是这些人却不会费心去学习科学知识，因此他们没办法说清楚这把剑的各种原料来自哪里。我们只需要知道，这把剑曾经不属于凡世，而如今却与普通的石料为伍；它曾经与普通石料并无不同，现在却具备了轻音乐的特性。我们知道这一点就够了，让那些能弄明白的人去界定它吧。

这时，女巫抓住剑柄拉过这把墨黑的利刃。女巫预先在安放剑柄的土壤上挖了个小坑，因此厚实的剑柄一侧呈现出圆滑的球状。女巫用一块奇特的绿色石头磨砺宝剑的双刃，一边磨一边继续唱着一支怪异的歌谣。

艾瓦瑞克静静地看着女巫的动作，满心好奇，甚至没有注意到时间的流逝。不知过了多久，可能只是瞬息，也可能已是斗转星移。突然间，女巫完工了。她站起身来，双手捧着宝剑，生硬地交给艾瓦瑞克。艾瓦瑞克刚一接过剑，女巫就转身离去了，但那神情却显示出她分明很想留下那把剑，或是挽留艾瓦瑞克。艾瓦瑞克抬起头来想要表达谢意，可是女巫已经不见了。

艾瓦瑞克去敲那阴森茅屋的门，又在荒原上高声呼喊“女巫！女巫！”喊叫声传出很远很远，甚至连遥远农庄里的人都听见了，把小孩子都吓坏了。但女巫并没有出现，最后，艾瓦瑞克只好转身回家，反正也没什么更好的办法了。

Chapter 02

精灵山脉遥遥可见

艾瓦瑞克住在高塔之上一间狭长的屋子里，这里陈设简洁，只有几件必要的家具。清晨，一缕阳光直射进来，唤醒了艾瓦瑞克。他立刻记起了那把魔法剑，觉得起床也成了一件高兴的事情，想到新接受的馈赠就会满心欢喜。这完全是人之常情，不过这把魔法剑本身也具有某种令人欣喜的特性。这或许是因为艾瓦瑞克的思绪方才自梦乡而来，而梦乡显然是这把宝剑的故国，故而那时它们交流起来分外容易。无论如何，只要它还是把崭新的魔法宝剑，佩剑之人就总能无比清晰地感受到那份欣喜。

艾瓦瑞克并不需要向谁告别。他还得解释自己为什么要带上这么一把剑，又是为什么觉得这把剑比父王赠予的那把剑更好。因此他觉得与其这样耽误时间，还不如立即就离开这里去完成父王交给他的使命。于是他连早饭都顾不得吃，只准备了一点食物装进行囊，他斜挎上一只用上等皮子做成的新水壶，甚至没费心灌上水，因为他知道这一路上总能遇上溪流。他将父王赠予的宝剑按照寻常的佩剑方式挂在腰间，又将魔法剑背在背后，粗糙的剑柄固定在肩膀旁边。就这样，艾瓦瑞克大步流星地离开了艾尔城堡，走过了艾尔山谷。他也没带多少钱财，只带上了几枚铜币以便在人类居住之地应急。因为，在那暮光结界之外，精灵国度使用着怎样的货币，甚至是何种贸易方式，他都一无所知。

艾尔山谷距离国界不远，而国界之外便是未知的领域了。艾瓦瑞克爬上小山，大步走过原野，穿过榛树林。他沿着田间小路走着，头顶是明净的蓝天，那蓝色明艳得就像生在林间的蓝铃花。此时正是它们盛开的季节，艾瓦瑞克走进树林时，朵朵蓝铃花就在他脚边摇曳生姿。他吃了点东西，又灌满了水壶，然后继续赶路。他向着东方走了一整天；傍晚时分，他已经可以隐隐约约地望见精灵世界的山峦了。

落日西沉，艾瓦瑞克面向东方，望着那些浅蓝色的山脉，想看看那些山峰会染上怎样的色彩，使夜晚为之惊艳。但是，尽管辉煌的霞光遍染人间，精灵国度的山脉却没有被落日的余晖感染分毫，那些峭壁上的每一条褶皱每一片阴影，都不曾褪色一分，也不曾加深一分。艾瓦瑞克意识到，人间发生的一切，都不能使那魔法之地受到任何影响。

他不再专注那恬淡的美景，转而看向田野。在那里，他看见了一座座普通人家的屋舍，山墙映着日光，高高的灌木篱笆春意盎然。艾瓦瑞克伴着鸟语花香走过那些屋舍，夜色越来越

迷人，香气也越来越浓郁，昏星即将升起，夜晚盛装以待。不过，在昏星升起之前，年轻的探险家艾瓦瑞克已经找到了他的目标，那是一个皮革匠人的住处，因为艾瓦瑞克看到了门口飘扬的一大块棕色的兽皮，上面是充满异域风格的金色字母。这是皮革匠人的标志。

艾瓦瑞克敲了敲门，一个小个子老头前来应门。由于上了年纪，老人本来就有些弯腰驼背，而艾瓦瑞克报上自己的名号之后，老人的腰就弯得更低了。年轻的王子请他为自己的剑制作一件剑鞘，但并没有说明这是把魔法剑。他们一起走进了小屋，老皮匠的妻子正坐在炉火边，将炉火烧得很旺。夫妇俩向艾瓦瑞克行礼致敬。随后，老皮匠在厚重的桌子边坐定，这个老皮匠终其一生都在这张桌子边工作，其祖辈父辈也是如此。那些小巧的工具戳穿一片片皮革时在桌面上留下了深深浅浅的凿痕，但桌面完好的部分依然光滑得发亮。接着，老皮匠把宝剑放在膝头，摸着粗糙的剑柄与护手啧啧称奇，这把剑是多么古朴，又是多么宽大啊。然后，他眯起眼睛，开始考虑这个活计。一会儿工夫，他就想到了要怎样做。他的妻子递过来一块上好的细皮子，他在这皮子上标示出两个轮廓，这样可以裁出两片与宝剑宽度相当，但略宽一点儿的皮子。

关于这把明亮的宝剑，无论老皮匠怎么问，艾瓦瑞克都避而不谈。待会儿他还要请求老皮匠夫妇允许他在这里住上一晚呢，这就够麻烦人家了，他可不想让老皮匠再为这把剑多费心神。而他一提出借宿，这对谦卑的老夫妇就忙不迭地道歉说招待不周，好像反而是他俩在求人帮忙似的。并且，他们还为艾

瓦瑞克特别准备了一顿丰盛的晚餐，几乎把老人能弄到的所有食材都放进大锅里煮成了佳肴。他们还坚持把床铺让给艾瓦瑞克，自己却在炉火边堆起皮革打地铺过夜，艾瓦瑞克怎么劝都没用。

吃过晚餐后，老皮匠开始剪裁皮革。那两片皮革又宽又大，末尾呈尖形，老皮匠着手将它们的两边缝合在一起。艾瓦瑞克开口向他打听周围的情况，老皮匠说了北面说南面，然后是西面，甚至连东北方都说到了，唯独对正东方和东南方绝口不提。老皮匠居住在人类领土的边缘，然而他和他的妻子却从没提及过边境之外的存在。对于艾瓦瑞克次日将要前去的地方，他们似乎认为那里就是世界的尽头。

夜里，艾瓦瑞克躺在老夫妇让出来的床上，辗转反侧，仔细思索着老皮匠的话。他时而觉得老皮匠无知得令人难以置信，时而又觉得一整晚对自家东边或东南边的事物连半个字也不吐露，老夫妇俩恐怕也是有所隐瞒。艾瓦瑞克怀疑老皮匠可能年轻时去过那里，但若是他真的去过，那他在那边发现了什么呢？艾瓦瑞克对此毫无头绪。后来，他睡着了，梦见老皮匠在精灵国度旅行，但只是些支离破碎的片段。然而，梦境并没有将方向指得更清晰些，他所知的仍然只有先前看到的那些淡蓝色的精灵界山峰。

一夜好眠，艾瓦瑞克睡了很长时间。后来，还是老皮匠唤醒了他。艾瓦瑞克走进客厅，发现壁炉里燃着明亮的炉火，为他准备的早餐已经摆好，剑鞘也已经完工，同他的魔法剑契合得严丝合缝、恰到好处。老夫妇安静地服侍他，收下了制作剑鞘的费用，但艾瓦瑞克要付钱感谢他们的盛情款待时，他们却说什么也不肯接受。他们静静地看着他起身离开，一言不发地将他送到门口，然后站在门外目送他离开。他们显然希望艾瓦瑞克能够转向，北上或者西行都好，但艾瓦瑞克却向着东方的精灵山峰大步走去。这时候，他们就不再望着他了，因为他们绝不会往那个方向再看上哪怕一眼。尽管他们不喜欢魔法国度，但艾瓦瑞克还是喜欢这些纯朴的乡民，仍向他们挥手作别。伴着明媚的晨曦，艾瓦瑞克穿过自幼便熟识的人世景致；他看见嫣红的兰花早早开放，像是提醒着那些蓝铃花“汝之花期即将过矣”；橡木新长出的小嫩叶子还未变绿，呈现出棕黄的色泽；山毛榉的新叶则像黄铜一样闪亮，布谷鸟在枝头叶间啁啾，声音清亮悠扬；桦树看起来就像某种披着绿色薄纱的林居野生动物；得天独厚的灌木丛中，山楂花正含苞待放。艾瓦瑞克不断地自言自语，提醒自己将要告别这一切。布谷鸟不知疲倦地鸣唱，但却并非为他而唱。随后，他费力地穿过一处树篱，来到一片人迹罕至的田野。突然之间，他就撞上了田野中的暮光结界。同他父王的描述如出一辙，湖蓝的结界浓稠如水，绵延地穿过整片原野，结界另一边的事物看起来影影绰绰而又明亮动人。他再次回望熟知的土地——布谷鸟仍旧无忧无虑地欢唱不息；一只小小鸟正唱着自己的故事；艾瓦瑞克的道别似乎并无回应，也无人会为之挂怀。他鼓起勇气，大步走进了那片光明之中。

这时候，不远处的原野上有个人正在呼唤马群，还有许多乡民在附近的小巷里聊天；但是，就在艾瓦瑞克踏入光明壁垒

的那一瞬间，所有声音都一下子低沉起来，变得含混不清，微弱地嗡嗡作响，就像是从很远很远的地方传来的那样。艾瓦瑞克几步就跨到了边境另一边，凡世的声音立即完全消失了，连一丝呢喃之声都没有了。这里与他所属的世界截然不同：他来时经过的田野里随处可见生着嫩绿新芽的树篱笆，但在这里却遍寻不见篱笆的踪影。他向后望去，边境似乎变得昏暗一些了，而且显得阴暗而迷蒙；四下环顾，一切对他来说都异常的陌生，本该是烟花三月的绚丽春色，却处处是精灵世界的奇观异景。

淡蓝的山脉巍峨耸立，在金色的光芒中微微闪着涟漪，仿佛那光线正和着韵律从峰顶倾泻而出，又伴着纯金的微风沿着山坡流淌。在那山脚下，艾瓦瑞克看到了仅在歌谣中传唱过的宫殿，不过似乎遥不可及，他只看得见宫殿的银色尖顶竖在半空。他现在身处的地方是一片平原，这里生满奇花异草，树木也奇形怪状。他立即动身离开这里，向着那银色尖顶的方向走去。

有些人很明智，他们的想象完全局限于我们所知的世界，不越雷池半步。对于他们，我很难清楚地描述艾瓦瑞克进入的这片奇幻世界，以使他们能够如临其境：这片平原点缀着树木，远处是一片黑森林，精灵宫殿那闪闪发亮的尖顶就矗立在林间；远方是高耸的山脉，无论光线怎样变化，那些山峰的颜色都不会受到丝毫影响。为了这幅景象，我们应该让想象尽情地张开翅膀，但若是因为我这拙笔的缘故，读者们眼前并不能浮现出精灵界山峰的面貌，那我还是不要去描述精灵世界为妙。现在我们知道精灵界比我们的世界更加美妙，连那里的空气都闪着微光，放眼望去，一切事物都有几分六月里镜花水月的模样。我迫切地想要说清那种笼罩着精灵界的色彩，却无从描述，不过人间尚存蛛丝马迹，或许能够帮助我们理解：那种色彩就像是黄昏刚过，夏夜天空呈现出的深沉黛蓝；又像是金星点亮夜空的淡蓝光芒；还像是暮色中湖泊深处的幽幽水色。自古以来，人世间的向日葵总是小心翼翼地跟着太阳转，不过杜鹃花的祖先里肯定有一些微微偏向着精灵国度，因此，自那天起，那一丝来自精灵国度的光彩就永驻于杜鹃花中了。我们人世间的许多画家准是瞥见过那个神奇的国度，所以有时我们能在他们的画作中看到超凡脱俗的光彩。那是因为，他们坐在画架前描绘我们所知的这个世界时，脑海中涌现出了淡蓝色精灵山脉的久远记忆。

艾瓦瑞克大步穿过精灵界微亮的空气。就算只是略略窥见，对这微亮空气的朦胧记忆也能为我们带来灵感。立刻，他感到没那么孤单了。因为，在我们已知的世界，人类与其他生物存在着泾渭分明的屏障，因此哪怕只有一天没有与人打交道，我们就会感到孤单；但是，一旦穿过光明边界，艾瓦瑞克就发现那道屏障坍塌不见了。荒野上，成群的乌鸦游荡着，神情古怪地望着他，各种各样的小生灵也好奇地盯着他，猜测着：以前鲜少有人从那个方向来，这是什么人？以前绝少有人能够返回故里，他为什么还要到这里旅行？许多人一去不返，因为精灵王精心保护着他的女儿。艾瓦瑞克并不清楚精灵王究竟采取了怎样的措施，但他深知王宫守备森严。所有的生灵都兴致盎然，眼睛里闪着欢悦的光芒，不过这副表情也可以理解成是某种警告。

也许，精灵国界这边的凡人尘世反而拥有更多的神秘存在。因为在这里，那粗大的橡木树干背后并没有什么精怪藏身于此，或者说看起来如此，而在我们生活的世界，在某些特定的光影中，或者某些特殊的时节，可能会有东西潜伏在阴影之中。而这里没有灵异的生物隐居山脉彼方，也没有幽灵游荡在森林深处；在这里，通常鬼鬼祟祟出没的生灵却招摇过市，一切灵异的生物都坦然面对世人的目光，本该隐于深林的幽灵反而生活在光天化日之下。

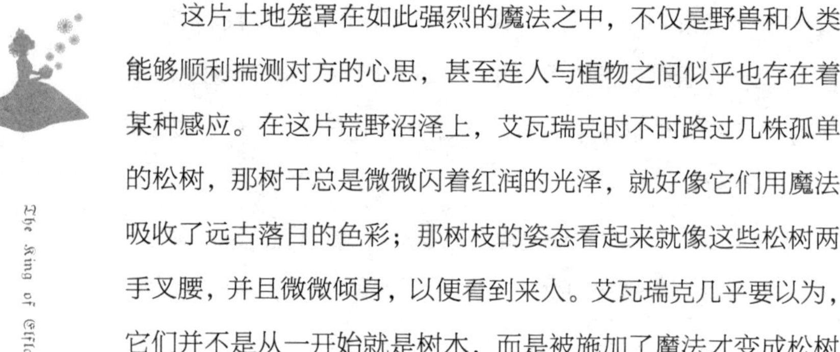

这片土地笼罩在如此强烈的魔法之中，不仅是野兽和人类能够顺利揣测对方的心思，甚至连人与植物之间似乎也存在着某种感应。在这片荒野沼泽上，艾瓦瑞克时不时路过几株孤单的松树，那树干总是微微闪着红润的光泽，就好像它们用魔法吸收了远古落日的色彩；那树枝的姿态看起来就像这些松树两手叉腰，并且微微倾身，以便看到来人。艾瓦瑞克几乎要以为，它们并不是从一开始就是树木，而是被施加了魔法才变成松树站在这里，它们似乎要对他说些什么。

但是，无论是野兽还是树木发出的警告，艾瓦瑞克都没放在心上，仍然昂首阔步地向那片魔法森林走去。

Chapter 03

魔剑抗衡精灵宝剑

艾瓦瑞克走进魔法森林之时，那笼罩着精灵界的光辉既没有变亮也没有变暗。他发现那种光辉并非来自普照凡世的太阳，只有在魔法短暂失效的奇妙时刻那游离的光线才会迷失在精灵界之外；它倏忽出现又转瞬即逝，那样的时刻总让我们惊奇不已。魔法天空的光线既不是来自太阳，也不是来自月亮。

森林的边缘矗立着一行松树，犹如一列哨兵。常春藤沿着松树树干攀缘而上，直抵低垂的黑色松叶。那银色的尖顶闪耀着光芒，仿佛浸润着精灵国度的天蓝光芒就来自这些尖顶。如今，艾瓦瑞克已经深入精灵国度，前面就是都城的宫殿了。他深知精灵国度严守着自己的秘密，于是他抽出父亲赠予的佩剑，走进了森林；另一柄宝剑仍然收在崭新的刀鞘中，悬在左肩。

就在艾瓦瑞克路过一棵守卫松树的时候，那棵树上寄生的藤蔓松开了卷须，迅速低垂下来，直奔艾瓦瑞克，意图攫住他的喉咙。

父王的长剑及时解救了他。藤蔓的速度实在太快，要不是他早就握剑在手，几乎连拔剑的时间都不够。卷须攫住他的四肢就像常春藤攀上高塔，艾瓦瑞克不断挥剑，砍断了一支又一支卷须，但仍有越来越多的卷须向他扑来。最后，他将自己身前与松树之间的常春藤主干一剑斩断，才脱身出来。正当他奋力脱身之时，他听到背后传来一阵急速迫近的嘶嘶声：另一支藤蔓从另一棵树上蜿蜒而下，树叶全部张开，向他扑来。绿色的藤蔓看起来疯狂而愤怒，紧紧地抓住艾瓦瑞克的左肩，好像永远都不会放开。但是艾瓦瑞克长剑一挥，斩断了那些卷须，紧接着又奋力挣脱余下的卷须。起先的那支藤蔓仍然活着，只是它太短了够不到他，只能恼怒地胡乱甩动枝叶，鞭打着地面。不过一会儿工夫，藤蔓的攻击结束了，艾瓦瑞克从缠在身上的卷须中挣脱开来，后退了几步，这里藤蔓触及不到，但他还能挥舞着长剑去砍削藤蔓。常春藤缓缓向后蜿蜒退却，诱使艾瓦瑞克前来，他跟上的时候便又向他扑去。被常春藤缠住固然可怕，但艾瓦瑞克手上的却是一把锋利的好剑；很快，尽管艾瓦瑞克浑身是伤，他还是一剑斩断了那条来犯的藤蔓，逼得它只好缩回树上去了。然后，他后退几步，以一种全新的眼光打量着那片笼罩在光芒中的森林，想选一条路穿过森林。他立刻就发现，这片松树中，他面前那两棵树上的常春藤已经在缠斗中被自己削短，从中间穿过去也不会有藤蔓碰到他了。于是，他向前走了一步。不过他立刻注意到，他刚向前迈步，其中一棵松树便向另外那棵挪近了一些。于是他知道，是时候拔出那把魔法剑了。

他将父王的赐剑收回到身侧的鞘中，拔出悬在背后的那把剑，径直走向那棵挪动过的松树。树上的常春藤向他扑来，他向那藤蔓挥动魔法剑，藤蔓立刻便落到了地上，虽不至于立即死亡，但已然化作一堆普通的蔓条。随后，他向那棵树的树干挥了一剑，削掉了一小块树皮。不过是普通利剑就能削去的小小的一片树皮，整棵树却战栗起来；随着这阵战栗，那棵松树先前显出的那种不祥的神情顿时消弭不见，俨然不过一棵普普通通毫无法力的松树。艾瓦瑞克提剑在手，穿过了森林。

还没走出几步，艾瓦瑞克就听到身后传来些声音，就像是一阵轻风掠过树梢，但森林中却并没有风吹过。于是他四下观察，只见那些松树正跟着他移动。它们缓缓地跟在他身后，躲在魔法剑的攻击范围外，但却从左右两侧向他迫近。他发觉自己正渐渐陷入半月形的包围圈之中，而且，在他穿梭于树木间的同时，路过的树木纷纷加入进来，很快就能将他碾死。艾瓦瑞克立即明白过来了，走回头路是必死无疑的，于是他决定加快速度奋力前行。好在他的观察力十分敏锐，他已经注意到了控制森林的魔法有些迟钝：就好像施用魔法的人年纪很大了，或者法力消耗得很严重，又或是受到了其他什么事的干扰。艾瓦瑞克径直向前走，遇到挡路的树木，便不管有没有魔力都挥起魔法剑去砍——宝剑里流淌的魔咒来自太阳的另一边，比这森林中的任何咒语都要强大得多。艾瓦瑞克急速闪过一棵棵橡木，轻挥着魔法剑，巨大的橡木一棵接一棵地失去了全部法力，黑沉沉的树干接连倒地。他行进得比那些笨拙的松树快多了，

所过之处的树木魔法尽失，呆立原地，不再有一丝一毫的传奇色彩或是神秘意味，很快他便在那片怪异可怕的森林中形成了一道长长的痕迹。

突然之间，他从阴暗的森林中走了出来，踏上了精灵王那翠玉一样的草坪。我们只能再次借用比喻来描述这样的景象。想象一下，在我们的世间，夜色褪去，星斗消隐，草坪渐渐浮现出来，点点露珠映着晨光；长夜过去，草坪边缘镶嵌的朵朵鲜花显露出柔和的色泽；树木的枝叶将外界的风与黑暗隔断在外，除了最细微的野物，不曾有别的生物踏足这片草坪，一切都在静静地等待着鸟儿放声歌唱。有时候，我们几乎可以瞥见精灵国度草坪的美丽，但那样的时刻转瞬即逝，我们永远都没法确定是不是真的看到了那番美景。晨光普照，露珠闪烁，草坪流光溢彩，更胜我们所有的期望，比我们能想象到的任何事物都更加瑰丽。还有这样一种比喻可以借用：从高耸的悬崖上凝望地中海，那覆在石上的水草和海藻正透过蓝绿色的水面闪烁着粼光；比起我们世间的草坪，精灵国度的草坪更像海底，因为精灵国的空气就是这般湛蓝的。

艾瓦瑞克站在那里注视着眼前的美景。瑰丽的草坪在晨曦与露水之中闪着微光。草坪周围是精灵国度的繁花，姹紫嫣红，衬托着如茵绿草；那鲜花的光彩，使得凡世的日出都会黯然失色，兰花都会枯萎凋零。花丛之后，坐落着暗如夜色的魔法森林。那座只在歌谣中传唱的宫殿闪着光芒，就好像是用星光打造的。宫殿的尖顶被深林掩映，宫门都向着草坪敞开，窗户比夏夜的天空还要蓝。

艾瓦瑞克提着魔法剑，站在森林边缘，几乎透不过气来，目光越过草坪，落在精灵国度最引以为傲的存在上。从一道宫门中，精灵王的女儿走了出来，是那样的光彩夺目。她走向草坪，全然没有看见艾瓦瑞克。她的双脚擦过露珠，穿过厚重的空气，每一步都只在翠绿的草坪上轻轻一点便迈出了下一步，脚下的小草随之弯下又抬起，就好像我们世间的蓝蝴蝶无拘无束地徜徉在洁白的山岭间，落在蓝铃花上又飞起，那花朵便随之微微起伏。

她走过的时候，艾瓦瑞克惊艳得忘记了呼吸，动弹不得，哪怕那些松树还追着他，他也无法挪动分毫。但是那些松树全部留在了森林里，并不敢碰这些草坪。

她戴着一顶王冠，王冠似乎是用许多淡蓝宝石雕成的。她的光彩映亮了草坪和花园，就好像黎明越过漫漫长夜，降临到了某个比我们更接近太阳的星球。当她经过艾瓦瑞克身边，她忽然转过头来，有些好奇地微微睁大了眼睛。她之前从来没见过来自凡世的人类。

艾瓦瑞克仍然无法言语，也无力挪动，只是定定地望着公主的双眸。这就是绝美无双的莱拉泽尔公主了。接着他就发现公主的王冠并不是蓝宝石制成的，而是用冰雕琢而成的。

“你是谁？”她问道。她的声音像音乐一样，要是用凡世间的东西来比喻，那就像是北国冰封的湖面在春风中细细碎裂的声音。

他回答说:“我来自凡世，那里为世人熟知，还绘出了地图。”

她听了之后便为那片土地唏嘘不已，因为她曾听说过，在那里，生命的渐渐消逝是多么美妙，新的生命又是怎样一代代繁衍不息的。她想到四季变换，想到孩童降生，想到年龄增长，这些都是精灵歌手提到凡世时歌咏的。

艾瓦瑞克看到她为凡世叹息，就给她讲了一些自己家乡的事情。她又向他询问细节，不一会儿，他就讲起了故乡的传说，以及艾尔山谷。她好奇地听着，提出了更多的问题，于是艾瓦瑞克接着将自己知道的关于凡世的一切都讲给她听。他讲述的那些关于凡世的故事，并不是自己在短短不足二十年的人生经历中亲眼所见的，而是关于野兽与人类的传说与寓言。这些故事都是艾尔人民经年累月流传下来的，每当夜幕降临，篝火燃起，孩子们问起“很久以前发生过什么”，这时他们的长辈就会讲起这些传说与寓言。世人闻所未闻的奇花映衬着草坪那不可思议的光彩，背后是魔法森林，只在歌谣中传唱的宫殿近在咫尺，熠熠生辉。他们谈起了长者的简朴智慧；谈起了丰年的收获，盛开的蔷薇和山楂花，什么时候该到花园中播种，野生的动物们都知道什么；他们谈起怎样治病疗伤，怎样用茅草覆盖屋顶，还有各个季节里会有怎样的风吹过我们所知的大地。

这时，那些骑士们出现了，他们保卫着宫殿，不让任何人穿过魔法森林。其中四个骑士冲过草坪，他们的铠甲闪闪发亮，面目隐藏在头盔之中。在魔法国度他们生活了几世纪，终其一生都不敢肖想公主殿下：就算是他们全副武装地跪在公主面前时，也从不敢露出他们的脸来。他们还曾发下可怕的誓言，如果有人穿过了魔法森林，也绝不允许他与公主交谈。因为这样的誓言，他们直冲艾瓦瑞克而来。

莱拉泽尔看着这些骑士，满怀歉意，却不能出手阻拦，因为他们奉了她父亲的命令，连她自己也无法违逆父亲；而且她也深知，父亲不会收回命令，因为他早在多年以前就顺应天时下令如此。艾瓦瑞克看着骑士们的铠甲，那些铠甲似乎比凡世的任何金属都更加明亮耀眼，就好像是脱胎于附近某处只在歌谣中传唱的扶壁之中。艾瓦瑞克拔出了父亲的佩剑，因为他想要将这把细长的宝剑刺进铠甲的接缝里，而另一把剑，他握在了左手中。

第一个骑士出击了，艾瓦瑞克避开，举剑挡住了他的劈削，但是随之一阵震动犹如闪电传到了他的胳膊，宝剑也脱手了。艾瓦瑞克意识到，没有什么凡世的宝剑能够抵挡精灵国度的武器，于是他将魔法宝剑换到右手。他以魔法剑挡开公主护卫的重重进攻，四个骑士为这样的时刻已等待了多年。再没有震动从那些剑上传过来了，唯有他自己的宝剑在微微震颤。宝剑的震颤犹如阵阵歌声传至剑身，剑身发出一种光芒，传到艾瓦瑞克内心深处，让他欢欣鼓舞。

随着艾瓦瑞克接连不断地挡开护卫敏捷的进攻，那把闪电锻造的魔法剑渐渐不满足于防御，转而开始进攻，因为速度和冒险是它的本性。魔法剑引导着艾瓦瑞克举起手来，向着精灵骑士挥扫砍削，精灵国度的铠甲也无法抵御它的攻击。黏稠而奇异的血液从铠甲的缝隙中喷涌而出，很快闪亮的魔法剑就击倒了两个骑士。魔法剑的热切之情鼓舞着艾瓦瑞克，他战得兴起，很快就将另一个骑士打翻在地，只剩下他和最后一名守卫了。但这名守卫拥有的魔法似乎比他倒下的同伴们更加强大。事实也确实如此，因为精灵王最初将魔法赐予诸位守卫时，他是第一个获得魔法的精灵战士，那时魔咒的神奇力量尚新。这个战士，他的铠甲以及配剑都具备几分早期的魔法，比他的主人后来想出来的任何法术都强大。但是，艾瓦瑞克很快就能通过宝剑与手臂的触感判断，这个骑士仍然不具备老女巫在山头铸剑时提到的那三个魔咒，因为精灵王亲自保管着这三个魔咒，秘而不宣，用以维护自己的威严。想必光是为了知道这三个魔咒的存在，女巫一路骑着扫把来到精灵国度，同精灵王单独密谈。

这柄来自远方的宝剑劈击下去，就像雷霆降落，击到盔甲上迸出绿色的火花，与魔法剑相撞则迸出深红色的火花；精灵族浓厚的血液从宽大的伤口中流出，沿着精灵骑士的铠甲缓缓流下。莱拉泽尔凝视着这一切，既畏怯惊奇，又满怀爱意。交战双方且战且行，渐渐进了森林，打斗中劈断了不少枝叶。艾瓦瑞克那柄远道而来的魔法剑中蕴藏的魔咒杀气腾腾，向着精灵骑士大声咆哮。最后，在黑森林中，在那些魔法尽失的树木上削落的残枝败叶之间，艾瓦瑞克猛地挥出一剑，犹如霹雳撕裂橡树，将精灵骑士一举斩杀。

在一片寂静中，莱拉泽尔跑向他的身边。

“快点！”她叫道，“因为我父亲有三个魔咒……”她根本不敢说出这三个魔咒的名字。

“去哪儿啊？”艾瓦瑞克问道。

她回答说：“去往你熟知的国度！”

Chapter 04

多年之后重返尘世

艾瓦瑞克和莱拉泽尔穿过护卫森林向来处跑去。只有一次，莱拉泽尔回过头去，去看那些花朵与草坪：那样的美景，唯有诗人在最深的梦境中才能神游至此。然后，她便催着艾瓦瑞克快走。而艾瓦瑞克则在那些被他消除了魔法的树木间择路穿行。

莱拉泽尔甚至不愿他因为择路而耽搁片刻，不停地催他快些逃离那座只在歌谣中传唱的宫殿。艾瓦瑞克来时曾用剑开辟出一条黯淡无光、魔法尽失的道路，道旁的伤树无精打采地耷拉着枝条，毫无魔法和神秘可言。在这来路之外，树木则纷纷以怪异的姿势蹒跚着走向那些受伤的同伴。一旦那些树靠得太近，莱拉泽尔就会举起手来，那些树便会停顿片刻，不再移动；这时她便再次催促艾瓦瑞克快走。

她知道，她的父亲一定会登上黄铜台阶，去往宫殿的一个银质尖顶，走到一处高高在上的阳台上，然后吟诵魔咒；她也知道父亲会吟诵哪一个魔咒。她已经听见父亲登高的脚步声，那声音穿透森林传来了。他们两人掠过了森林外的平原，在精灵国度永恒的蓝色天光里奔逃了一整日。莱拉泽尔不断地催促艾瓦瑞克再快点。精灵王脚步沉重，走在几千级的黄铜台阶上，莱拉泽尔只希望他们能够及时赶到暮光屏障前，过了那道屏障就是人间烟火。她已经是第一百次回头去看远处那些闪亮尖顶上的阳台了，突然间她看到在那座只在歌谣中传唱的宫殿之上，高处有一扇门正徐徐打开。她冲着艾瓦瑞克叹道："唉！"但此时，他们已经嗅到了来自凡世的野玫瑰香气。

艾瓦瑞克年少不知疲倦，莱拉泽尔拥有不老的生命，也不觉得疲倦。他们一直向前冲去，艾瓦瑞克拉着莱拉泽尔的手。精灵王扬起了胡须，开始吟诵魔咒。就在这时，两人冲过了暮光结界，魔咒在精灵界引起一阵地动山摇，但是莱拉泽尔已经不在那儿了。

莱拉泽尔望着那片我们所知的土地，那里的美景令她满心欢喜。对她来说，一切都很新奇，正如我们曾经一度感到的那样新奇。她看到干草垛就发笑，喜欢它们古怪而有趣的样子。一只云雀正在啁啾鸣唱，莱拉泽尔对它说话，它似乎一点儿也听不懂，但莱拉泽尔旋即便转向了其他胜景，将这只云雀忘在了脑后，因为对她来说一切都是那么新鲜。奇怪的是，现在已经不再是蓝铃花盛开的季节了，因为遍地的毛地黄花正在绽放，山楂花已经凋谢，取而代之的是野蔷薇花。艾瓦瑞克始终没弄明白这是怎么回事。

这时正是清晨，阳光普照，给世间万物镀上了柔和的色彩。

凡世让莱拉泽尔欣喜万分。凡人熟视无睹的寻常之物，没想到居然能博得莱拉泽尔的欢心。她惊喜地又是尖叫又是大笑，那么兴高采烈，连艾瓦瑞克也开始觉得金凤花格外美丽，运货的马车也格外有趣，这都是他从来不曾想到的。每一分每一秒，莱拉泽尔都有新的发现。伴着欢呼，她总能发现这尘世间的某种宝藏，艾瓦瑞克从不知道这些事物竟能如此美丽。他看着莱拉泽尔为我们的凡世增光添彩，那种美丽更胜于野蔷薇的姿色。就在这时，他看到莱拉泽尔的冰皇冠渐渐融化，消失不见了。

就这样，她逃离了那仅在歌谣中传颂的宫殿，来到了凡世。对于凡世，我就无须赘述了，因为这里是那么的熟悉，岁月流逝，片刻不歇。傍晚，她随着艾瓦瑞克回到了他的居所。

艾尔城堡中的一切都大不相同了。在大门口，他们遇见了艾瓦瑞克认识的一个守卫，那人看到他们时惊讶莫名。他们走进大厅，拾阶而上，一路遇到的许多城堡守卫都惊讶地转过头来。艾瓦瑞克也认识他们，但是他们都老了。他明白过来，他在精灵界的蓝色天光中只待了不过短短一天，但人世间或许已经过去十多年了。

谁不知道精灵界就是这样呢？但是，如果像艾瓦瑞克这样亲身经历，又有谁能不为此感到惊讶呢？他转向莱拉泽尔，告诉她说这里已经过去了十年或者十二年的时间。但是，这就像是一个娶了俗世公主的穷汉告诉妻子说他丢了六个便士一样，时间对于莱拉泽尔来说既没有价值也没有意义，她听闻十年已过，却丝毫不为此挂怀。她无法想象在这个世界中时间对于凡人来说意味着什么。

他们告诉艾瓦瑞克，他的父王很久之前就过世了。其中一人对他说，王过世时神情愉悦，没有丝毫焦躁的情绪，他深信艾瓦瑞克能够完成他的命令；不知为何，他或多或少地了解精灵界的计时方式，深知往来于两个世界的人必然会感染到精灵界那永世梦幻的宁静。

暮色中，他们听到铁匠打铁的声音回荡在山谷上空。这个铁匠就是当年的领头人，带领人们到长长的红色房间中觐见艾尔国王。当年那些人还健在，因为，尽管艾尔山谷中时光流逝就同尘世所有原野一样，但时光在这里流逝得较为轻缓，并不像在城市之中那样倏忽而逝。

然后，艾瓦瑞克和莱拉泽尔动身前往神父的圣所。他们一找到神父，艾瓦瑞克就请求他按照基督的仪式为他们两人主婚。神父有时候会从集市上买些小摆设装饰这小小的圣殿，现在他看到莱拉泽尔的美貌在这些寻常玩意之间熠熠生辉，立即担心她并非凡人。而且，当他问起莱拉泽尔来自何方时，她高兴地回答说“精灵界”。虔诚的神父双手紧握，对她解释道，所有住在那片土地上的人全都是不可救赎的。但是莱拉泽尔只是微笑，因为她在精灵界的时候永远无忧无虑，而现在她在乎的也只有艾瓦瑞克。接着，神父去翻书查询他该做点什么。

好一阵子，神父静静地翻着书，艾瓦瑞克和莱拉泽尔站在他面前，四下一片安静，只有呼吸声清晰可闻。最后，他在书中找到了一项仪式，尽管书中没有提到精灵界，但却有一种仪式是为离开海洋的美人鱼主婚的。而且他认为这种仪式对精灵也适用，因为美人鱼同精灵一样，都居住在不可救赎之界。因此，神父派人去拿仪式所需的铃铛和细蜡烛，然后转向莱拉泽尔。他让莱拉泽尔庄严地发誓，同一切与精灵界相关的事物断绝关系，并缓慢地朗诵出书中记载的用于当下场合的文字。

莱拉泽尔回应说：“好神父，这个国度中的一切誓言都无法跨越精灵界的屏障。这样也好，因为，即使有任何誓言能够穿过暮光结界，我父亲还有三个至尊魔咒，只要他回应这本书上的任何一个咒语，魔咒完全能够将整本书摧毁。我无法发下忤逆我父亲的誓言。”

“但是我不能在这种情况下主婚，让一个基督徒娶一个无法救赎的顽固异教徒为妻呀。”神父回答道。

于是，艾瓦瑞克转而去乞求莱拉泽尔。莱拉泽尔照着书上的词句念诵了一遍，但她又补充道：“不过，若是对上我父亲的魔咒之一，这样的誓言就不堪一击了。”现在，铃铛和细蜡烛已经取来，这位善良的神父就在他这小小的屋子里，按照迎娶离开海洋的美人鱼为妻的仪式，为他们主婚。

Chapter 05

艾尔议会明智之举

他们新婚的那几天，艾尔人经常带着礼物来到城堡，表示祝贺。傍晚时分，他们会在屋子里谈起当年他们做的那件聪明的事情——在红房子里向老国王提出建议，并希望因此会有好事降临在艾尔山谷。

这些人是：铁匠纳尔，当时的领头人；山地农民歌西卡，他在艾尔附近有一片苜蓿草场，同妻子讨论后第一个想出了这个主意；马车夫尼西卡；四个卖牛肉的小贩；还有猎鹿人奥丁；还有老农民瓦莱尔。上述这些人，还有另外三个人，当时曾一同前去觐见艾尔国王，并提出了那个要求，使得艾瓦瑞克离家远游。他们谈论着这件事能带来的所有好处。他们一致期望艾尔山谷能够被众人所知，他们觉得艾尔山谷应当同艾尔沙漠一样出名。曾几何时，他们纵观历史，翻阅所有探讨草场的书籍，但是几乎没有找到多少内容提到他们深爱的山谷。后来有一天，歌西卡说："将来，让一个会魔法的王来统治我们所有人吧，他将使这山谷声名远播，艾尔的名字将无人不知无人不晓。"

所有人都高兴起来，他们组成了一个十二人的议会，然后前去觐见艾尔国王。然后，事情就像我前面讲的那样了。

因此，现在他们一边喝着蜂蜜酒一边讨论着艾尔的未来、艾尔山谷在诸多山谷之中的地位、艾尔在世界上应当享有的声誉。纳尔有个宽敞的铁匠铺子，他们几人总是在那里碰面谈天，纳尔会从里屋中端出蜂蜜酒来招待他们；索瑞尔总是很晚才忙完森林里的活计，所以常常来迟。纳尔的蜂蜜酒用的是苜蓿花蜜，浓稠而香甜。他们在温暖的屋子里坐定，谈论着山谷中与高地上的日常琐事，不一会儿思绪就飘向未来，仿佛透过金色的迷雾能看到了艾尔的荣光。一个人称赞牛肉美味，另一个称赞马匹茁壮，还有一个称赞土壤肥沃，所有人都指望着有朝一日，其他国家能够知晓艾尔山谷领域内的众多山谷是多么富饶。

那样的傍晚时光来了又去，艾尔山谷中时光的流逝就同尘世所有原野一样。又是一年春天，风信子花期已至。野银莲花盛开之时的一天，突然有消息传开，艾瓦瑞克和莱拉泽尔有了一个儿子。

于是，次日夜里，所有的艾尔人都聚集到了小山上，燃起篝火，绕着篝火跳起舞来，畅饮蜜酒，尽情欢乐。他们花了整整一天的时间从附近的山林里拖来木柴，才燃起这样盛大的篝火，即使在其他国度也能远远地望见山上的火光。篝火唯一照不到的地方，只有精灵界那淡蓝色的山峰，无论我们这里发生什么，精灵界都不会受到任何影响。

人们围着火焰起舞，歇下来的时候他们就席地而坐，预言艾尔的未来。艾瓦瑞克之子将继承其母的一切魔法，他将会统治艾尔国度。有些人觉得他会四处征战，有些人觉得他会精耕细作，所有人都觉得牛肉会卖得更好。那天夜里无人成眠，他们载歌载舞，预言着光明的未来，并为预言中的景象而欣喜不已。最让他们欣喜的就是艾尔将名扬四海，备受尊崇。

接下来，艾瓦瑞克要给孩子找一个保姆。他找遍了山谷和高地，但是要找到一个能照顾精灵国王室血脉的人并不是那么容易。他找到的那些保姆后来都被吓跑了，因为那孩子眼中似乎时不时地会有光芒闪过，那光芒仿佛不属于我们的世界，也不属于我们这片天空。最后，在一个有风的早晨，艾瓦瑞克爬上了山头去找那位独居的女巫。他发现女巫正悠闲地坐在门口，既没有什么需要诅咒的也没有什么需要祝福的。

女巫问他：“啊，那把剑给你带来好运了吗？”

艾瓦瑞克回道：“既然我们无法看到结局，谁知道什么才能带来好运呢？”

他的语气无精打采，因为他已经上了年纪，精神不济。谁也不知道，在精灵界度过那一天的同时，到底有多少岁月在他身上流逝了，反正似乎比在艾尔国度中同时逝去的还要长。

“对呀，”女巫说，“除了我，还有谁知道结局呢？”

艾瓦瑞克又说：“巫祖婆婆，我娶了精灵王的女儿。”

“那可真是了不起！”女巫说道。

“巫祖婆婆，”艾瓦瑞克又说，“我们有了一个孩子，谁能来照看他呢？”

“人类可做不来。”女巫说。

“巫祖婆婆，”艾瓦瑞克说，“你愿不愿意到艾尔山谷中来，到城堡中做保姆照看他？因为这世界上除了你大概没有人能知晓精灵界的事了；还有公主，她虽然知道精灵界的事，却一点也不了解凡世。”

年老的女巫回答说：“看在国王您的份上，我会去的。”

于是，女巫带着一捆奇怪的东西下山了。就这样，这个孩子在我们所知的土地上慢慢长大了，由一位熟知她母亲故乡歌谣和传说的保姆看护。

年老的女巫与莱拉泽尔公主一起俯身照看孩子时，她们经常会聊天，随后整夜整夜地谈论艾瓦瑞克全然不知的事情。尽管女巫活了几百年，积累的智慧无人能及，然而她们聊天时总是莱拉泽尔公主在教，女巫在学。但是，关于凡世，以及凡世的处世之道，莱拉泽尔一无所知。

老女巫精心照料着这个孩子，那样地无微不至，那样地柔声抚慰，孩子的整个婴儿时期都不曾哭闹过。因为这位女巫拥有魔法，能让清晨的光线变得更加明亮，能让人整天都精神抖擞，能让咳嗽平缓止息，还能把育儿室弄得既温暖舒适又新奇怪诞：她会给木柴施魔法，火堆噼啪作响，火苗一蹿三丈高，周围的东西都投下了大片大片的黑影。黑色的影子爬上了天花板，欢快地舞动，经久不息。

莱拉泽尔和女巫像普通人家的母亲一样对孩子百般呵护，但除此之外，她们还教他吟唱歌谣和魔咒，这些就是凡世其他孩子无从听闻的了。

就这样，老女巫在育儿室里走来走去，拿着黑色魔杖，用咒语守护着这个孩子。若是夜黑风高时狂风从某处裂隙中刮来，她就念咒语令风平静下来；她还会给炉子上沸腾的水壶念咒语，让水壶发出咕嘟咕嘟的声音，歌唱掩藏在水汽背后的奇异之地。孩子于是渐渐地了解到了那些他从未亲眼见过的遥远山谷的秘密。每当傍晚时分，老女巫总会站在炉火前，在所有阴影的正中间，举起乌木魔杖施魔法让阴影跳舞给孩子看。那些阴影变幻成世间百态，舞动着逗孩子开心；这样，孩子不仅能了解到凡世的动植物，比如猪、树木、骆驼、鳄鱼、狼、鸭子，忠心的狗和温顺的牛，而且还能了解到更黑暗的东西，人类对那些东西心怀畏惧的同时也怀着期盼与揣测。整个傍晚，万事万物都在育儿室的四壁游走，孩子开始熟悉我们所知的世界。温暖的午后，女巫就抱着他走过村子；所有的狗都会对着女巫古怪的身形狂吠，但全都不敢靠得太近，因为女巫身后的男仆带着乌木魔杖。狗知道很多事，包括人丢石头能丢多远，这人是不是想打它们，或者敢不敢打它们，当然它们也知道这可不是什么普通的手杖。所以它们同男仆手中那根古怪的黑色魔杖保持着很远的距离，只是咆哮着。村民们纷纷出来查看出了什么事，当看到这位年幼的继承人拥有一位魔法保姆时，他们都很高兴，“因为这就是女巫辛萝黛尔啊。”他们这样说着。他们还断言，在这位女巫的抚养下，王子会在真正的魔法原理之间长大，他即位时将会拥有魔法，能让他们的山谷声名远播。他们驱打着各自的狗，直到那些狗全都逃回屋里，但是群狗的疑心仍未消除。因此，每到静夜时分，人们都去了纳尔的铁匠铺子，村舍在月色中陷入静默，铁匠铺的窗子则闪起火光，村民推杯换盏、高声谈笑，越来越多的嗓音加入进来，谈论着艾尔未来的荣光；这时群狗就会轻轻地走出门外，来到沙石街道上，对月长嚎。

莱拉泽尔也会来到阳光明媚的育儿室，她的到来总是让室内熠熠生辉，博学的女巫就算穷尽所有魔咒也无法办到这一点。莱拉泽尔会唱歌谣给她的男孩儿听，这里没人能哼唱它们，因为这些歌谣是她在暮光结界的另一侧学会的，那些永不老去的精灵歌手是它们的创作者。歌谣中唱到的奇迹，发生在远离凡尘俗世的地方，发生在远离历史纪年的时代。夏日里，这些歌声会透过敞开的窗扉，飘荡在艾尔国度。尽管这歌声如此奇异，令人惊奇，但莱拉泽尔看到自己孩子那些细微的人类举止时总是更加的惊讶。孩子渐渐长大，也越来越多地做出些普通凡人的举动，这些总令莱拉泽尔倍感惊奇，因为人类的行为对她而言总是那么陌生。然而，比起父亲的王国，或者永葆青春，或者那座只在歌谣中传唱的宫殿，她更爱这个孩子。

那些日子里，艾瓦瑞克逐渐认识到，莱拉泽尔永远不会熟悉俗世的事物，永远不能理解山谷的居民，她一翻开那些传播智慧的书籍就忍不住发笑，对俗世的为人处世之道漠不关心，身处艾尔城堡里也会惶惶不安，就像是猎人索瑞尔捕获的山林动物身处牢笼一样。艾瓦瑞克一度希望，她很快就能学会那些新东西，直到人世间与精灵界的微小差异再不能让她感到困扰。但是，他最终还是明白过来了，莱拉泽尔始终都无法理解那些陌生的事物，而且，她在那永恒的家乡生活了好几个世纪，想法和喜好都已然根深蒂固，无法因为短短几年的凡世生活而改变。

艾瓦瑞克和莱拉泽尔，他们的灵魂之间横亘着遥远的距离，那是凡世与精灵界之间的鸿沟。爱情跨越这道鸿沟将他们联结在一起，就算比这更遥远的距离也无法将他们分开。但是，总有那么片刻，艾瓦瑞克会暂时停下，让思想望向桥下的深渊，那时候他会觉得头晕目眩，胆战心惊。他会思考，这一切最终会怎样呢？他会担心，唯恐结局会比相识更加离奇。

而莱拉泽尔，她不觉得自己这样一无所知有什么不好。她美丽动人，这还不够吗？她的爱人最终还不是来到了那歌谣中的宫殿映衬下的草坪，将她从孤单的命运和永恒的宁静之中解救出来了吗？他来了，这还不够吗？为什么一定要她理解凡世之人做的那些奇怪的事情？为什么她不可以在路上跳舞？不可以同山羊说话？不可以在参加葬礼时欢笑？不可以在夜里唱歌？为什么！如果快乐也要遮掩，那还有什么乐趣可言？在这个古怪的国度，为什么嬉戏总要屈从于枯燥乏味的生活？后来有一天，她看到一个艾尔的姑娘已经不如一年前见到时那么漂亮了，那变化虽然微不足道，但她目光敏锐，所以看得清清楚楚。她吓坏了，纵然精灵界漫长的岁月不敢黯淡她的容颜，人世间的时光流逝却可能会损毁她的美丽。因此她抽泣着去找艾瓦瑞克寻求安慰，可艾瓦瑞克却只是说，众所周知，时间自有其规律；再说了，抱怨有什么好处呢？

Chapter 06

精灵王的至尊魔咒

就在不久之前，在那闪光的高塔上，精灵王站在高高的露台上。露台之下的千级台阶仍有步履的余音在回响。他抬起头来，那道能将他女儿留在精灵界的魔咒正要说出口，他就看到女儿已经穿过了那道朦胧的结界；那道结界，朝向精灵国度的这一面，浑然笼罩在暮色之中，光明澄澈，而朝向凡世的那一面，则烟雾缭绕，暗云涌动，黯淡阴沉。现在，精灵王垂下头去，胡须凌乱地与披在蔚蓝外衣上的貂皮斗篷纠缠在了一起。他静静地站在那儿，悲伤莫名，而时间飞速流逝如同在我们所知的世界中一样。

精灵王伫立着，银色的高塔映衬着他蓝白相间的衣饰。他想象着女儿在凡世经历的冷酷岁月，任由凡人无法了解的精灵时间匆匆流逝，任由自己垂垂老去，最后才在精灵界陷入永恒的沉静。精灵王的智慧能够突破精灵界的束缚，接触到我们这

个粗糙的世界，因此他清楚地了解物质的东西是多么粗粝，时间又是多么混乱。他知道，就在自己静立不动的这段时间里，女儿已经受到了凡世的伤害，岁月侵蚀着她的美貌，种种艰辛困扰着她的心神。对于不受时间侵扰的精灵王来说，女儿已然时日无多，就像我们看到有人摘下一朵野蔷薇还傻乎乎地沿街叫卖——女儿的时间甚至比那朵野蔷薇更加稀少。他知道，一切凡俗事物的共同命运也正笼罩着她。他想象着她很快就会香消玉殒，因为凡人皆有一死；她将葬在乱石之中，长眠在那个蔑视精灵界的国度，那里的人对精灵界最珍视的神话不屑一顾。他身为魔法世界的国王，自身的神秘平静决定着精灵界永恒的安宁，若非如此，他早就会因为想到碎石土壤中的坟墓和永远葬身异国的美丽女儿而哀泣。又或者，他又想到，她会去往某个他不知道的天国，凡世书籍中提到的天堂，因为他听说过很多这类描述。他想象着，她在某个小山坡上，到处是苹果树，头顶花团锦簇，时节正是永恒的阳春三月，那些诅咒精灵界的人们拥有着淡金色的光环，在春色中熠熠闪烁着。虽然只有信徒才能清晰地看见那道荣光，但他凭着全部的魔法智慧，也能模糊地看到。他还看到他的女儿站在那些美轮美奂的小山上，面向故乡——精灵界的淡蓝色山峰伸开双臂，他深知女儿一定会这样做的，但那些受到祝福的人却没有一个注意到她的思念。随后，尽管他身为整个精灵国度的国王，这片国土的永恒平静都取决于他一人，他还是忍不住呜咽垂泪，整个精灵界亦随之颤抖。那精灵世界漾起的波动，就如同我们世界中的沉静水面忽然因什么东西轻触而漾起层层涟漪。

然后，精灵王转过身，离开了露台，急匆匆地走下了黄铜台阶。

他走向那些通往下方塔楼的象牙大门，步履铿锵作响。他穿过大门，走进那间安放着王座的房间。他从宝箱中取出一张羊皮纸，又拿起一支取自精美羽翼的羽毛笔，用羽毛蘸满不属凡尘的墨汁，在那羊皮纸上写下一行魔咒。然后，他举起两根手指，使了个召唤守卫的小魔法，但守卫并没有出现。

我说过了，精灵界不存在时间流逝。但是，事情发生的本身就宣告着时间的流逝，因为任何事情都不可能脱胎于时间而流转。精灵界的时间就是这样的：永恒不朽的美丽沉睡于甜蜜浓稠的空气中，万物安宁平静，永不褪色，永不死亡，没有谁会为了寻求幸福而发起运动、做出改变、创造新鲜事物；万物的幸福只在于凝视那永存于世的一切美好，这美好自始至终映照着魔法草坪，就像刚刚由魔法或者诗歌创造出来的时候一般光彩夺目。然而，若是巫师灵光一现，接触了新的东西，那么，那份保持宁静停滞时间的力量就会产生一些动荡，精灵界也会有片刻受到时间的摇撼。艾瓦瑞克穿过暮光结界和魔法森林，精灵王困扰不安，整个精灵界都随之战栗。就好像某处的深水塘，有某种硕大的鱼类安歇着，还有绿色的水草静静地舒展，浓重的色彩如梦如幻，连光线也在此沉沉睡去；若是从未知的地方向水潭投掷什么东西，硕大的鱼类就会受惊游动而搅浑潭水，绿色的水草摇曳生姿，色彩变幻莫测，沉睡的光线也惊醒过来，无数生物开始缓缓移动变化；但很快整个水塘就再次归于沉寂。

见无人前来，精灵王便望向森林，他知道那片森林受到了惊扰。他用上了魔法，因此他的目光越过了重重深林，越过了银质宫墙，透过郁郁葱葱的树木望向森林深处，而那些树木仍为艾瓦瑞克的到来而战栗不已；在那里他看到了那四位担任守卫的骑士，他们身受重创，卧地不起，浓稠的精灵血液从盔甲的缝隙中喷涌而出。他回忆起当年的原始魔法，那时候他还没有征服时间，使用的咒文也都是全新创造的。那时候，他就是运用原始魔法创造出了最年长的那位骑士。他穿过金碧辉煌的门廊走到外面，踏过闪闪发亮的草坪，走到倒下的骑士身边，发现树木仍然惊动不安。

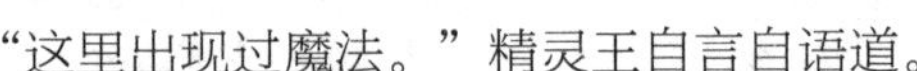

“这里出现过魔法。”精灵王自言自语道。

他只有三个具有起死回生力量的至尊魔咒，每个至尊魔咒只能使用一次，其中一个已落在了羊皮纸上用以带他的女儿回家。尽管如此，他再次使用了一个魔力最强的至尊魔咒。他将那魔咒用在了年长骑士的身上，那个很久以前他用原始魔法创造的骑士。随着他的诵咒声落，四周一片安静，皎如明月的盔甲上纵横交错的裂隙咔嚓作响，合在了一起，浓稠的暗红色血液消失不见，骑士活了过来，起身站立。如此一来，精灵王便只剩下一个比我们所知的任何魔法都要强大的至尊魔咒了。

另外的三个骑士仍躺在地上，了无生气。他们没有灵魂，因此他们的魔力再次回到了其主人的心中。

他转身回到宫殿，并派出仅存的护卫去召唤一个矮人。

矮人一族拥有深棕色的皮肤，身高两三英尺，是居住在精灵界的矮小种族。很快，那仅在歌谣中传唱的王宫里，正殿之中响起了轻快的脚步声，一个矮人赤着双脚走到精灵王的面前站定，王座的光辉映亮了矮人的脸。精灵王将那张写有魔咒的羊皮纸交给他，说道：“快去，走过国土的尽头，一直走，去到那片我们这里没人了解的土地，找到莱拉泽尔公主，她已经去了人类的领地，你要将这个魔咒交给她，她会读出声来，一切都会好起来的。”

那个矮人便迈着轻快的步子离开了。

矮人不停地跳跃着前进，一跃就跃出好远。没过多久他就来到了暮光结界。然后，精灵界的一切都陷入了静止，在那仅在歌谣中传唱的王座之上，精灵王默然地坐了下来，一动不动，沉浸在悲伤之中。

Chapter 07

矮人来到凡世人间

矮人来到暮光结界跟前，轻快地跳了进去。不过，在我们凡世这边现身的时候，他还是十分小心谨慎的，因为他很怕狗。他轻手轻脚地溜出那一团团浓重的暮色，进入我们的原野。他的动作如此轻柔，除非有人正盯着他现身的那个地方看，否则没有人会注意到他。他在结界边缘停留了片刻，左顾右盼，没看到周围有狗，他便离开了暮光结界。这个矮人以前从未到过我们所知的世界，但他清楚地知道应该躲着狗，因为凡是逊于人类的生灵普遍对狗都怀有深深的畏惧，似乎并不局限于人世间，连精灵界的生灵也一样怕狗。

此刻正是我们的五月时节，矮人面前铺展着一片浩瀚的花海，明黄的金凤花和褐黄的浅草交织在一起向远方蔓延。矮人见到这么多光彩夺目的金凤花，一下子就被富饶的凡世震撼。很快，他开始前行，穿行于花间，走动时腿上也沾染了金黄的色泽。

他离开精灵界还没走出多远就遇见了一只野兔。那只野兔正舒舒服服地卧在一片草地上，打算若是没有什么事引起它的注意就这样一直卧着消磨时光。

野兔看到了矮人，但它毫不在意，坐在那里纹丝不动，双眼中不含任何情绪。它什么也没有做，只是思考着。

而矮人看到野兔，便向它靠近了些，在它面前的金凤花丛中躺了下来，向它打听去往人类领地的路。野兔仍沉浸在自己的思绪中。

“这片原野的生灵啊，人类的聚居地在哪里？”矮人又问了一遍。

野兔站了起来，走向矮人。这样一来，野兔看起来就相当好笑了，因为它走起来不像跑跳时那么优雅，而且，正面看起来比背影矮小多了。它把鼻子伸到矮人的脸上，胡须笨拙地抽动着。

“给我指路吧。”矮人说道。

野兔发觉矮人的味道一点也不像狗，便放下心来让矮人问话。但是它听不懂精灵界的语言，因此它再次静卧着，思索着，任凭矮人喋喋不休。

矮人反复发问，但毫无回应。最后，矮人觉得厌烦透了，于是跳了起来，大叫一声“有狗！”然后就离开了野兔，随便选了个远离精灵界的方向就走了，一路高兴地跃过朵朵金凤花。尽管野兔听不太懂精灵界的语言，但是矮人高呼“有狗”时的语调十分激动，让野兔也担心起来，于是野兔立即放弃了那片

草地，跟在矮人后面，笨拙地蹦跳着穿过草地，脸上带着不以为然的神情。但是野兔跳得并不快，基本上只用三只脚，还有一只后脚准备着若是真的有狗就放下来跑路。很快它就停了下来，蹲坐着竖起耳朵，望着金凤花丛深思。还没等野兔琢磨明白矮人到底是什么意思，矮人就已经跑得不见了踪影，而且完全不记得自己说过什么了。

不久矮人就看到，在一片篱笆后面露出的农家庭院的山墙。这些山墙的红瓦下有一扇扇小窗户，像是山墙正在张眼看着他。“人类的住处！”矮人自言自语道。不过某种精灵直觉告诉他，莱拉泽尔公主不曾来过这里。但他还是走近农场，开始打量那里的家禽。然而，就在这时，一只狗发现了他。这只狗从来没见过矮人，立即又惊又怒地吠叫起来，并且拼尽全力地向矮人飞奔。

矮人立即一跃而起，蹿过金凤花丛，就像借用了燕子的速度那样跑得脚不沾地。那只狗也从未遇见过这么快的速度，它划出一条长长的弧线追向矮人，奔跑时压低了身子，张着嘴巴，却没有吠叫。风像是漾开了一道波纹，从狗鼻子一直滑到狗尾巴。它这么沿着弧线斜穿过去，满心希望截住矮人，但却没能实现，很快它就紧随其后了。矮人深深地呼吸着金凤花上空馥郁芬芳的清新空气，以飞奔为乐。他已经忘记了那只狗，但是飞奔让他满心欢喜，因此他没有立刻停下这场由狗发起的追逐。矮人出于欢乐而奔跑着，狗儿出于职责而追赶着，就这样它们古里古怪地一路跑过一片片田地。出于新奇，矮人跳过花朵的时候并拢起双腿，落下时则挺直膝盖，向前倒去，双手撑地，这样就翻了个筋斗；然后，翻滚的时候又猛地伸直胳膊，把自己弹到空中，一边仍然一圈接一圈地翻跟头。他这样翻了好几个筋斗，弄得那只狗越来越生气，它十分清楚在凡世可不能这么走路。尽管狗儿愤愤不已，它还是清楚地意识到自己永远抓不到这个矮人，于是就转头回到了农场，找到主人并且摇着尾巴扑进主人怀里。它把尾巴摇得那么卖力，农场主确信它一定是做了什么好事，于是就轻轻地拍拍它。然后这事儿就到此为止了。

对于农场主而言，他的狗已经把那矮人从他的农场撵走了，这就够了；因为若是矮人跟农场里的牲畜搭上话，讲述了精灵界的任何一点奇迹，那么它们准会嘲笑人类，那样一来，除了忠心耿耿的狗儿，别的牲畜都不会再对农场主毕恭毕敬了。

矮人继续开心地在金凤花间翻筋斗。

不多时，他看到一只白狐从花间站了起来，雪白的胸膛和下巴朝着矮人的方向，观察着矮人。矮人向它走近了一些，看了看它。狐狸一直观察着他，因为狐狸对什么东西都要端详一番。

狐狸最近曾趁着夜色溜进那隔绝凡世与精灵界的暮光结界，去到那片缀满露珠的田野，如今才刚刚回来。它甚至还潜入了结界，在暮光中散步。两个世界之间的浓重暮色神秘莫测，狐狸就在这暮色中沾染到了某种魅惑人心的魔力，并把这魔力带回到我们的世界。

“啊，无主之狗。”矮人说道。在精灵界常常能隐隐约约地看见这只狐狸沿着结界走动，所以他们精灵界也都认识它，‘无主之狗’就是他们给它起的名字。

“呃……边境另一边的生灵。”狐狸这样说着作为回应。它通晓矮人语。

“人类居住的地方离这里不远了吧？”矮人问道。

狐狸微微噘嘴，胡须动了动。说谎成性的人开口前都会深思熟虑，有时候明智的沉默甚至远胜于雄辩。狐狸也是如此。

“到处都有人类居住呀。”狐狸回答道。

“我想要知道他们的聚居地。”矮人说。

“打听这个做什么？”狐狸反问道。

“我带来了精灵王的手谕。”

对于这个令人生畏的名号，狐狸既没有显得多么尊敬，也没表现出任何恐惧，但它微微动了动脑袋，转了转眼睛，以掩饰内心的敬畏。

“既然要送信，人类的聚居地就在那边。”狐狸说着，用它的长鼻子指向艾尔的方向。

“我怎样才能判断是不是到了那里呢？”矮人问道。

“根据气味判断。”狐狸告诉他。“那里居住着数不清的人，味道糟糕极了。”

“谢谢你，无主之狗。”矮人说道。他很少对任何人表示感谢。

“我永远都不会靠近那里的，除非……”狐狸说着，停顿了一下，静静地想着什么。

“除非什么？”矮人追问道。

“除非是去偷吃家禽。”随即狐狸便严肃起来，陷入了沉默。

“再见了，无主之狗。”矮人说着，匆匆忙忙地转过身去，启程前往艾尔。

整个早晨露水莹然，矮人行色匆匆，路过丛丛金凤花，到了下午就已经走出了很远。夜幕降临之前，艾尔的炊烟与高塔已经映入了眼帘。艾尔深陷于谷底，山墙、烟囱和高塔微微探出谷口，缕缕炊烟升腾起来充斥在梦幻般的空气中。“人类的聚居地！”矮人感叹道。于是他在草丛中坐了下来，望向那里。

过了一会儿，他靠近了些，再次打量着艾尔。他不喜欢那烟雾的样子，也不喜欢那堆砌的山墙。当然了，这里闻起来糟糕透了。精灵界有些传说讲述了人类的智慧；但是，无论矮人那单纯的头脑中因那些传说形成了多少尊敬之意，如今一见到那些拥挤的房屋，所有的尊敬都烟消云散了。就在他望着那些房舍的时候，一个四岁的孩子从附近走过。那是个正要回家的小女孩，正在暮色中踏着乡间小径向艾尔的方向走去。

小女孩说：“你好呀。”

“你好呀，人类的孩子。”矮人应道。

他现在说的并不是矮人语，而是精灵界的语言。这种语言更为庄重，是他前去觐见精灵王时必须使用的。在矮人的家乡，大家更喜欢矮人语，而从不使用精灵语，但是矮人通晓精灵语。那个年代，人类也会使用精灵语言，因为那时语言的种类比较少，精灵与艾尔人使用同样的语言。

“你是什么人？”小女孩问道。

“来自精灵界的矮人。”矮人回答道。

“我想也是。”小女孩附和道。

“你要去哪里，人类的孩子？”矮人问道。

“我去那些房子那里。”小女孩回答。

“我们不喜欢去那里。”矮人说道。

“呃……是嘛。”小女孩应道。

“到精灵界来吧。”矮人提议。

小女孩想了一会儿。已经有别的孩子去了那里，精灵族总是会在原地留下个调包的婴孩，因此人们不会太想念那些丢失的孩子，甚至很少有人真正知道孩子被换走了。有一阵子，小女孩想象着精灵界的风物与奇景，然后又回想起自己的家。

“还是……不去了吧。”小女孩说。

“为什么？”矮人问。

“我妈妈今天早上做了果酱卷呢。”小女孩回答道。然后她垂头丧气地回家了。要不是碰巧有果酱卷吃，她就去精灵界了。

“果酱！”矮人轻蔑地重复了一句，脑海里浮现出精灵界的山间小潭，壮丽的睡莲叶子平铺在沉静的潭水上，硕大的蓝色花朵高高挺立在墨绿深潭的上空，沐浴着精灵界的光线。就为了区区果酱，这个孩子就放弃了如此美景！

随后，他又记起了自己的职责，那个羊皮纸卷轴，还有精灵王带给女儿的魔咒。他逃跑的时候把羊皮卷握在左手中，在金凤花丛中翻筋斗时又咬在嘴里。他琢磨着，公主来过这里吗？或者说，还有别的人类聚居地吗？夜色降临，他蹑手蹑脚地摸向了那些房屋，想要偷听人们说话而不被人发现。

Chapter 08

至尊魔咒降临人间

艾尔王国正是五月时节。一个阳光明媚的早晨，女巫辛萝黛尔坐在城堡的育儿室里，正在火堆旁给那个孩子煮饭。男孩现在已经三岁了，但莱拉泽尔还没有给他命名，因为她害怕凡间或是空中某些嫉妒成性的幽灵会听到他的名字，若是如此，她就更加不愿意诉说自己的担忧了。而艾瓦瑞克则认为孩子必须有个名字。

男孩有个圆环可以滚着玩。女巫曾在一个雾气朦胧的夜里回到她居住的山丘，为他带回了一个月晕光环；女巫在月出之时运用魔法获得了月晕，锻造成了一个圆环，还用闪电为男孩锻造了一根小铁棒，以供他推动圆环。

这时候，男孩正等着吃早餐。辛萝黛尔曾经挥动乌木魔杖在门槛布下了咒语，使整个育儿室变得温暖而舒适。有了那个咒语，无论是大大小小的老鼠还是恶犬都无法近前，连蝙蝠也无法飞进屋里，而育儿室里那只警惕的猫则无法外出了。这魔咒可比铁匠打造的那些锁钥要强大多了。

突然间，矮人冲破了咒语，一个空翻便跃过门槛跳进了屋子，一屁股坐在地上。育儿室里有一枚粗糙的木质钟表，悬在火堆上方滴答作响，但矮人一进门钟表便停止了走动，因为矮人的一根手指上缠绕着奇异的精灵界草茎，带来了一丝能够抵御时光流逝的魔力，让矮人不会在凡间老去。精灵王深知凡世光阴似箭，逝者如斯：从他咚咚地走下黄铜台阶，到他召来矮人，再到将施了魔咒的草茎交给矮人绕在指间，前后不过片刻，但在我们的世界里已经是斗转星移，四年时间过去了。

“这是什么？”辛萝黛尔问道。

矮人十分清楚什么时候可以粗暴无礼，但此时他却不敢放肆，因为他发觉女巫眼中含有某种令人生畏的神色。他也确实应该心生敬畏，毕竟女巫的那双眼睛曾经直视精灵王的双眼。因此，用我们这个世界的话说，矮人“亮出了王牌”，回答道：“来自精灵王的手谕。”

“是嘛？”年老的女巫应道。“是了，是了。”她又低声自语道，“准是带给公主殿下的。是的，这一天终究会到来的。”

矮人仍然坐在地上，手指拨弄着羊皮纸卷，精灵王的魔咒就写在那纸卷的内页。然后，床尾那个正等着吃早饭的孩子看到了矮人，还出声询问他是谁，从哪里来，都会做些什么。当那孩子问起矮人都会做什么的时候，矮人一跃而起，在屋子里跳来跳去，就像只蛾子在灯火通明的天花板下扑腾一般，从地板上跳到架子上，又跳回地板，又再次跳到架子上；他一次次纵身跳跃，就像是在飞翔。孩子拍着手儿，猫咪则惊怒交加；女巫举起了乌木魔杖，施咒制止跳跃，但是矮人却丝毫不受咒语的影响。他蹦啊、跳啊，猫咪不停地嘶嘶叫着，道尽了猫语中所有的诅咒。辛萝黛尔很生气，不仅仅是因为她的魔法没起作用，而且她还同普通人一样担心锅碗瓢盆被打破。那个孩子一直高声叫着还要看。但是突然之间，矮人记起自己身负重任，还带着那张危险的羊皮纸。

“莱拉泽尔公主在哪儿？”他问女巫。

女巫就指明了去往公主所住高塔的路；因为她知道，自己既无法也无力阻挡精灵王的魔咒。矮人正要转身离开，莱拉泽尔走进了房间。矮人那无礼的神色荡然无存，他毕恭毕敬地向这位尊贵的精灵公主鞠躬，在美丽的公主面前单膝跪地，然后才呈上精灵王的魔咒。她接过卷轴，握在手中，这时那个孩子正大声叫着妈妈，要她让矮人再表演跳高；那只猫咪背靠着一只箱子，神色戒备；而辛萝黛尔则默然不语。

这时候，矮人回想起了精灵界。他想起草绿色的水潭，遍布于那些为矮人们熟悉的森林中；他想起永不凋零的神奇的花朵，全然不受时光流逝的影响；他还想起了那深沉的颜色以及永恒的平静。他的任务已经完成，而他也已经厌倦了凡世。

有那么片刻，一切都停滞了：莱拉泽尔握着精灵王的卷轴站在那里，矮人跪在她的面前，女巫不再搅动食物，那只猫凶神恶煞地警戒着，连钟表也不再走动，只有那个孩子还挥着胳膊叫着要看矮人表演新把戏。然后，莱拉泽尔公主动了动，矮人站了起来，女巫叹息了一声，而猫咪眼见矮人蹦蹦跳跳地离

开之后也放下了戒备。尽管那个孩子呼喊着要矮人回来，但是矮人却完全没注意到，只顾沿着长长的旋转楼梯绕着圈儿跑下去，从一扇门里跳了出去，向着精灵界跑去。矮人一离开屋子，木质的钟表立刻重新滴答着走动起来。

莱拉泽尔看看那个卷轴，又看看自己的儿子。她并没有打开那卷羊皮纸，而是转身带着卷轴回到了自己的房间，将卷轴放进了一个小匣子，不曾过目。因为，心中的恐惧清楚地告诉她，这就是父亲最为强大的魔咒，是她逃离父亲的银色塔、听到父亲脚步沉重地走上黄铜楼梯时无比恐惧的那个魔咒；它现在已经写在这个纸卷上穿越了暮光结界来到这里，只要一打开就会映入眼帘，并且立即将她带走。

魔咒安放在匣子里后，莱拉泽尔就去找艾瓦瑞克，去提醒他危险已经临近。但是艾瓦瑞克正因为她不肯给孩子取名字而心烦不已，一见到她立刻问起了名字的事。于是，她最后还是为儿子想了一个名字。但是，我们世间没有人读得出那个名字，因为那是个奇妙的精灵族名字，其音节犹如鸟儿夜啼，艾瓦瑞克是连一个音节也不会采纳的。而且，她起的这个怪名字就像她的所有怪念头一样，并非源自我们世界的任何惯常事物，而纯粹是来自结界另一侧的精灵国度，纯粹是结界那边鲜少传入人世的奇思妙想。而艾瓦瑞克对这种异想天开感到十分恼怒，因为艾尔城堡中从未发生过类似的事情：没有人能够为他解说，也没有人能够给他建议。艾瓦瑞克希望莱拉泽尔能够按着古老的习俗行事；莱拉泽尔则一心盼望着有奇妙玄想从东南方传来。艾瓦瑞克同她讲道理，讲那些凡人重视的人世道理，但是她根本不想听道理。就这样，莱拉泽尔原本是要找艾瓦瑞克诉说来自精灵界的危险已经找上了自己，但是直到他们分开，莱拉泽尔也没能对他说起这事儿。

她转而走上她住的高塔，注视着那个小匣子。在暗淡的夕阳中，小匣子微微发光。她转开头，又时不时地再次去看那个匣子；天渐渐黑了，阳光沉到地平线以下，黄昏来临，万事万物反射着微弱的光线，渐渐消隐。她坐在朝向东方群山的窗扉旁边，望着漫天星斗浮现在群山渐暗的剪影上空。她久久地凝望着，时间久得甚至连星斗的位置都发生了改变。从她来到我们的世界，她对星斗感到最为震撼，远超过她看到的一切其他事物。她喜爱星斗的柔美，但是她渴慕地望着星空时却总是感到悲伤难过，因为艾瓦瑞克说过禁止她膜拜星斗。

若是不能膜拜星斗，她要怎样才能向漫天的星斗致以它们应得的敬意？怎样才能感谢它们的美好？怎样才能赞美它们那令人愉悦的平静？随后她又想到自己的儿子。这时她看到了猎户星座。于是，她无视空气中一切嫉妒成性的恶灵，望向她不得崇拜的猎户星座，以那些灿烂的星斗命名自己的儿子，将孩子的生命敬献给这位束着腰带的猎手。

当艾瓦瑞克来到高塔的时候，莱拉泽尔将自己的愿望告诉了他；而艾瓦瑞克也很乐意，觉得这孩子应当得名欧里昂，因为艾尔山谷中的人都很重视狩猎。希望又回到了艾瓦瑞克的心头，这次他再也不会放弃希望了，能在名字这件事上说服莱拉泽尔，那就能在所有其他事情上说服她，那么她就能够接受习俗的指引，能够像别人一样做事，能够放弃那些从精灵国度穿越结界而来的异想天开和奇思妙想。艾瓦瑞克又请求她膜拜神父那些神圣的事物。因为她从未对这些东西表示出任何敬意，她分不清神父的烛台和铃铛哪个更神圣一些，也永远学不会艾瓦瑞克告诉她的任何事。

这回，她愉快地答应了，她的丈夫以为这就算是说定了，但是她自己的思绪却远远地与猎户星座同在，她的思绪从不会在严肃的事情上纠缠太久，就像蝴蝶不会在阴影中逗留。

那一整夜，精灵王的那个魔咒都锁在匣子里。

次日清晨，莱拉泽尔没再想过那个魔咒，因为他们带着孩子去了神父的圣所；辛萝黛尔也随着他们一起去了，但只在门外候着，不曾进屋。艾尔的人民也跟在他们身后，凡是能暂缓手头活计的，有多少就去了多少；曾组建议会的那些人，曾去到长长的红色屋子里觐见艾瓦瑞克的父王的人，如今也全来了。他们发觉孩子逐渐长大，力量惊人，因而十分高兴；他们走进圣所里站定，聚在一起窃窃私语，预言一切都将像他们规划好的那样。神父走上前来，站在圣物之间，在男孩面前，赐他名为欧里昂，尽管神父早前还提出过许多别的名字，都是他深知一定会受到祝福的好名字。他很高兴能看到这个孩子并为他赐名；因为，正是在这个居于艾尔城堡的家族身上，这些村民看到了代代传承，见证了岁月流逝，就像有时候我们能在某些受人尊敬的古树上见证四季流转。然后，神父向艾瓦瑞克深深鞠躬，对莱拉泽尔也谦恭有礼，但他对这位公主保持礼貌却并非出于本心，因为他心底对她并不比对远离海洋的美人鱼更尊敬多少。

于是，这个男孩得名欧里昂。他随父母一起走出来，在圣所花园边缘同辛萝黛尔汇合，乡民们看到这一幕都欢呼雀跃。艾瓦瑞克、莱拉泽尔、辛黛萝尔和欧里昂，他们一起步行回到城堡。

整整一天，莱拉泽尔没有任何出格的举动，完全遵循着我们这个世界的习俗和规矩。只是，当繁星漫天，猎户星座开始闪现，莱拉泽尔意识到，光彩壮丽的星空没能得到应有的尊敬，而她迫切地渴望向猎户星座表达感激。她感激猎户星座如此明亮瑰丽，让我们的世间欢欣鼓舞；她还坚信猎户星座将守护她的儿子免受空气中邪灵的侵害，并为此而心怀感激。她未曾说出口的感激之情在她心底燃烧，突然之间，她起身走出高塔，来到露天空地，仰头望向星空，望着猎户星座的位置。满心的感激之情已经涌上唇间，但她却只是默默无言，安静地站在原地，因为艾瓦瑞克叮嘱过她不许向星斗祷告。她就这样仰着脸望着缓缓游移的漫天星斗，久久地静立着，听话极了。后来，她放低目光，看到一个小水池在夜色中晶光璀璨，水中倒映出了每一颗星星的样子。夜色中，她对自己说："向星星祷告当然是不对的，可水中的这些倒影并不是星星呀。那我就向星星的倒影祷告吧，星星们会知道的。"

她在水池边的鸢尾花叶之间跪了下来，开始祷告，向星斗的倒影诉说她的感激。因为，每个夜晚，群星开始威严地闪烁，缓缓滑过夜空的姿态犹如身着银白铠甲的兵士，不知在何处打了胜仗，正奔赴遥远的战场赢取新的胜利。每当这时，她就能感受到夜晚的愉悦。她向水池中晶莹璀璨的群星倒影倾诉着自

己的感激、称赞和祝福，并要群星向猎户星座转告她的感谢与赞美，因为她不可以向猎户星座祷告。就在这时，艾瓦瑞克发现了她，见她在夜色中跪拜着，就严厉地责备了她。艾瓦瑞克指责她又在膜拜星斗，还说那些星斗的存在绝不是为了让人向它们祷告。而莱拉泽尔则争辩说自己只是向星星的倒影祈祷而已。

艾瓦瑞克的情绪很容易理解：莱拉泽尔性情古怪，举止出人意料，违逆一切已经确立的规矩，蔑视习俗，任性乖张而又显得单纯无知；这所有的一切让她每天都要与弥足珍贵的传统发生冲突。她在结界彼方的生活越是如传说和歌谣所言的那么浪漫，她在这里要融入城堡生活就越是困难，因为城堡里向来都是淑女贵妇，她们熟悉凡世的一切事务。那些事务对莱拉泽尔来说就像闪烁的星斗一样陌生，而艾瓦瑞克还指望莱拉泽尔能够履行职责、遵从习俗呢。

但是，莱拉泽尔只是觉得漫天星斗没有得到应有的尊敬。习俗也好道理也好，还是人类确立的随便什么规章制度也罢，都应当要求人们对星斗的美丽心存感念；而且她甚至都未曾向星星本身致谢，只不过是向着水池中的倒影祈祷罢了。

那一整夜她都在回忆精灵界。在那里，万物都足以与她的容颜相媲美，一切都永恒不变，没有奇怪的习俗，也没有什么像星斗那么奇异壮丽的东西会得不到应有的尊敬。她回忆起精灵界的草坪，繁花盛开的山坡，还有那座只有在歌谣中才被提及的宫殿。

那个魔咒仍然锁在匣子里，在黑暗中等待着重见天日的那一天。

Chapter 09

莱拉泽尔打开手谕

日子一天天过去，艾尔国的夏日时光也渐渐过去了，北移的太阳又再次南下。当燕子飞离屋檐的时候，莱拉泽尔学到的东西仍寥寥无几。她不再向星星祷告或是对着它们的倒影祈求。即便如此，她也还是没有学会一点人情风俗，也不明白为什么她的爱和感恩必须得想着星星说出来。艾瓦瑞克也没有意识到，总有一天，一些简单琐碎的事情会令他们彻底分开。

有一天，艾瓦瑞克带着她来到神父的屋子，仍满怀希望地想要教她如何去膜拜神父的圣物。这善良的男子高兴地拿出蜡烛和铃铛，一只铜制的鹰饰，鹰饰可以在他阅读的时候托住他的书；一只小巧的象征性的碗，里面盛着芬芳的水；还有一只银质的熄烛器，是用来吹灭蜡烛的。他如往常一样，简单明了地给她讲着所有这些东西的起源、意义和神秘。为什么这只碗是铜的，熄烛器是银的，那只碗上刻着的符号有什么意义。他讲这些的时候，礼貌而得体，甚至还带着些好意。然而正如他自己辨识的一样，在他的声音里有着一些距离感。莱拉泽尔明白他说话的时候就像一个在海岸上安全行走的人呼唤着远处海水中身处危险的美人鱼。

当他们回到城堡的时候，燕子也排成一条线歇在城垛上，准备飞走。莱拉泽尔曾许诺膜拜神父的这些圣物，就像艾尔山谷里那些心思单纯，对铃铛也敬畏不已的人们一样。虽然一切看起来没有那么美好，但艾瓦瑞克的内心闪过一丝新的希望。很久之后，莱拉泽尔记住了神父告诉她的一切。

一天，她很晚才离开育儿室，经过正对着她的塔楼的高大窗户，记起来她不应该对着群星膜拜。她想起了神父的圣物，试着回想神父曾跟她说起过的东西。她不得不这样做，但是让她敬拜这些东西却又很艰难。她知道过不了几个小时这些燕子就会全部飞走。通常当它们都飞走之后，她的心情也会随之变化。她害怕她会忘记，再也记不得该如何去崇拜神父的这些圣物。

于是她再次走进夜幕中，穿过草地，来到一条涓涓的细流旁，从里边挑出几块又大又平的鹅卵石（她知道哪里可以找到它们），她把脸转了过去，不去看那些星星的倒影。白天的时候，这些石头在水里闪闪发光，看着通身紫红，很是漂亮，此刻它们一片墨黑。她将石头捞出来铺在草场上，她爱极了这些光滑平整的石头，因为不知怎么地它们让她想起了精灵国度的岩石。

她把石头摆成一排，这块用来放蜡烛柄，这块放铃铛，那块放圣杯。“如果我能膜拜这些可爱的石头，就好像它们就是那些本该被膜拜的东西，”她说道，“那我就能敬拜神父的那些圣物了。”

于是，在这些又大又平的石头面前，她跪下来，对着它们祈祷，就好像它们是圣物一样。

艾瓦瑞克在这茫茫夜色里寻找着莱拉泽尔，听到了草场上她的声音，她好似正对着圣物在低声吟唱。他好奇是什么奇特的幻想把她带到这里。

当他看到她所崇拜的对象——四块平滑的石头，她跪在草地里，跪拜在石块面前，他说，这跟异教徒最黑暗的行径无异，简直糟糕透顶。她回应说：“我是在学习如何崇拜神父的圣物。”

“可是只有异教徒才会这样做。”他说。

当下，在艾尔山谷里，人们最畏惧的就是异教徒的做事方式了，虽然他们对于异教徒一无所知，只是知道他们行事黑暗诡异。说这些时，艾瓦瑞克满怀怒气，就像人们说到异教徒时带有的那种情绪一样，而他的怒气却伤了莱拉泽尔的心，因为她做这些不过是为了学会崇拜他的圣物让他开心罢了，而他却说这样的话。

艾瓦瑞克才不会说些该说的话，抛开心里的怒气去安慰她。他愚蠢地想，没人会在任何触及异教徒的问题上妥协。于是莱拉泽尔独自一人伤心地回到塔楼。艾瓦瑞克留在原地将四块石头掷得远远的。

燕子飞走了，不开心的日子也过去了。有一天，艾瓦瑞克命令她去敬拜神父的圣物，而她已经不太记得该怎样做了。艾瓦瑞克又旧事重提，说起异教徒的行径。那一天满目灿烂，白

杨满身金黄，山杨泛着红光。

于是莱拉泽尔回到她的塔楼打开了小箱子。清晨明亮的秋阳射在箱子上，闪闪发亮。莱拉泽尔取出精灵国度国王的谕旨带着它穿过了高大的拱形大厅，登上了另一座高塔，踏着台阶爬上育儿室。

那一整天，她都待在育儿室和孩子一起玩耍，手里也还紧紧握着那个卷轴。尽管她时不时地和孩子玩得很开心，然而，她的眼睛里却有一种不同寻常的平静，在一旁的辛萝黛尔看在眼里，心里十分纳闷。太阳西落时，她把孩子放到床上，坐在他身边，给他讲起孩子们爱听的故事，一脸的庄重。而辛萝黛尔，这个明察秋毫的女巫，看着这一切，用上所有的智慧聪明也只能猜出一个大概，但却不清楚事情会如何发生。

日落之前，莱拉泽尔亲吻了小男孩，打开精灵王的手卷。她只是一时冲动才从箱子里把它拿了出来，而这会这股子冲动也许已经过去了。她也许并不会打开卷轴，只不过那东西凑巧就在她手上拿着。也许有一部分冲动的情绪，也许有一点好奇，又或许是一丝难以名状的突发奇想，她的目光不自觉地落在了精灵王国国王写下的那些神秘的黑色字迹上。

这谕旨到底有什么魔力，我说不清（这魔力太吓人了），而在写下谕旨时流露的爱意，比里面包含的魔力还要浓厚，直到那神秘的文字里因为精灵王对女儿的爱而发出炽热的光；在这威崇的谕旨里交织着两种力量——魔法和爱，在暮光结界之外最强大的力量，以及我们所知国度最伟大的力量。如果艾瓦瑞克的爱能够留住她，他本该就单单依靠这份爱，因为精灵王的谕旨比神父的圣物更为强大。

莱拉泽尔一开始读这手卷上的话，精灵国度的各种幻象就开始穿过边界汹涌而来，将她裹挟在其中。有些幻象能够让今天城市里的职员立马离开办公桌冲到海边跳舞；有些能让银行里的所有人不管不顾地丢下大开的门和保险箱开始游走，直到来到开阔的草地和石楠丛生的山野；还有一些能让一个正在办公的人瞬间变身诗人。这些强大的幻象都是精灵王为这魔法谕旨的力量而召唤的。莱拉泽尔坐在那，谕旨就握在手里，周围都是来自精灵国度的排山倒海般的幻象，这些幻象开始狂欢、歌唱、呼唤。越来越多的幻象越过边境，全部挤停在一颗可怜的心里。她的身体越来越轻，她的双脚半着地半悬浮在地板上，大地也不能抓住她。她很快就化成梦一般，不管是她对人间的爱，还是人间的儿女对她的爱，都无法继续将她留下。

接着涌来的是她在精灵国度那永恒的童年回忆：在山中小湖边、在深邃丛林的边界处、在那狂怒的草丛间，或者是只有在歌谣里才会出现的宫殿里。她清清楚楚地看到了这些东西，就如同我们透过清澈的冰看到沉睡的湖底时，水中的贝壳在我们眼中所呈现出的一样，隔着冰面看下去总是有点暗，对她而言同样如此。在精灵国度的疆界以外看到这样的日子也略显黯淡。精灵们细小的呓语声传到她的耳朵里，还有那些神奇的花，盛放在她熟悉的那片草地边，醉人的芬芳涌过来；令人心醉神迷的歌谣，轻轻地传到她的耳边；声音、旋律和回忆穿过暮光结界浮在周围，整个精灵国度都在召唤她。接着，一阵洪亮的声音从容不迫地传来，可是听起来似乎又近在咫尺，十分奇怪。

她听到了父亲的声音。

她旋即升起来，此时的大地已经丧失了抓住她的力量，这力量只能抓住物质的东西。她似一场梦、一个幻想、一个寓言、一阵幻象一般飘离了房间。辛萝黛尔的任何魔咒都留不住她了，而她自己也没法转过身，甚至都无法回头看一眼自己的孩子。

在那瞬间，一阵风从西北方吹来，吹进树林，卷走树叶，剩下光秃秃的金色的树枝，吹向开阔的丘陵地，在那起舞，还裹着一团赤红和金色的叶子。它们曾经多么害怕这一天的到来，而此刻它们却随风起舞。叶子飞着，喧闹地舞着，闪耀着靓丽的色泽，高高地飞舞在阳光下。太阳已然落到天边的田野处。风散了，叶子也跟着飘走了。随它们一起离开的还有莱拉泽尔。

Chapter 10

精灵国度已然消逝

第二天一早上，艾瓦瑞克登上塔楼来到女巫辛萝黛尔这里。他整个人疲惫不堪，心烦意乱。因为整个晚上他都在陌生的地方寻找莱拉泽尔。一整晚，他都想猜出是什么幻象将她召唤出去了，又会将她带到哪里去。他沿着她曾对着鹅卵石祈祷过的溪边搜寻，到她曾对着星星祈祷过的池塘边寻找，对着每一座塔楼在黑暗中大声喊她的名字，而回应他的，除了回声，再也没有别的了。于是他最后来到了女巫辛萝黛尔这里。

“在哪？”他问，一字不多。他以为孩子看不出他内心的恐惧，然而欧里昂明白。

辛萝黛尔悲伤地摇了摇头。“树叶飘走的方向，”她说，“一切美好逝去的方向。”

艾瓦瑞克只听完前面一句话就走了，没继续听她说下去。他烦躁不安，就像来时一样。他径直离开房间，匆忙下楼，瞬间就钻进了起风的晨色之中，想着弄清那些绚烂的树叶到底飘到了哪个方向。

还有几片树叶被抓在冰冷的树枝上，待的时间久了点。少了昔日其他伙伴的愉悦陪伴，此时也浮在空中，最后都孤零零地飘走了。艾瓦瑞克看到他们往东南边的精灵国度飘去了。

匆忙之间，艾瓦瑞克将他的魔法剑插进宽松的皮鞘子里，带上所剩无几的一点干粮，仓促奔进了田野。他一路跟随着最后几片叶子，叶子秋日的光辉指引着他，如同不少磅礴的事业处在强弩之末，恢宏壮丽，却也日渐衰微，如此这般引导着人们的处事之道。

于是他来到了田野里的高地，那里草色青灰，沾满露珠，空气里都闪耀着太阳的光辉，最后的树叶欢快地飞舞着；只是似乎有一丝忧郁隐藏在牛群的低哞里。

在这明朗宁静的早晨，西北风轻柔地吹着，艾瓦瑞克来了，却心神不宁。他仓促不已，就像突然间失去了什么东西一样。他行动迅速，情绪狂躁。艾瓦瑞克一整天都眺望着东南方清晰的天际线，那是树叶指引的方向。傍晚的时候，他望着庄重肃穆、亘古不变的精灵山脉，那里总是漆黑一片，任何我们知道的光都照亮不了那里，那是浅色的勿忘我的颜色。他无休止地想要看到精灵山脉的峰顶，它们却从未在他视野中出现。

接着他看见了一栋房子，那是老皮匠的，曾帮他制过剑鞘。艾瓦瑞克第一次见到这房子的时候是一个傍晚，从那以后的所有日子此刻都涌现在他脑海里。尽管他从不知道那到底是多久，也没法知道，因为从没有人设计出过确定的计算方法来计算精灵国度的时间概念。接着他又看了一眼淡蓝色的精灵山脉，他清楚地记得它们的位置——山峰连绵成长长黯黯的一列，穿过老皮匠家山形墙的一头——但他再也没看见一道山峰。他走进屋子，老皮匠还在。

老皮匠已经老了，但是精神矍铄，他做活儿的那张桌台看起来似乎更老，他跟艾瓦瑞克打招呼，还记得他是谁。艾瓦瑞克问起了老头的妻子。“她走了好久了。”他答道。艾瓦瑞克再次感受到了那些逝去日子的变幻莫测，这使他前往精灵国度的心里又多了一丝恐惧，然而他并没有想要回头，甚至也没想要放缓脚步疏解下急躁的情绪。对于老人的丧妻之痛他礼节性地慰问了一番，接着就问道：“精灵山脉在哪，就是那些淡蓝色的峰头？”

老头脸上缓缓地浮现出一种表情，如同他从未见过它们一样，好像艾瓦瑞克在说着一些天方夜谭的事物。不，他不知道，他这样回答。艾瓦瑞克明白了直到今天，老人也跟过去那些年一样，始终拒绝谈论精灵国度。好吧，边界也才几英尺远，他可以穿过边界，如果看不到可以指引方向的山峰，也能通过精灵国的造物来辨别方向。他一整天都没吃东西了，老人给了他干粮。仓促间，艾瓦瑞克再一次问起了精灵王国的事情。老人支支吾吾地说道，对于精灵国度他一无所知。于是艾瓦瑞克大步走开，来到他熟悉的田野里。他记得这里应该是被暮光边界隔开的。确实，他一来到这田野上，就看到所有的毒蕈都倒向他要走的那条路的方向。因为就像所有的荆棘树都会朝着背对大海的方向倒去一样，毒蕈以及所有那些略有些神奇的植物，

比如说，毛地黄、毛蕊花，还有些特别的红门兰等都是倒向精灵国度的方向。听到海浪的呢喃，人们便可以推测自己来到了海边；同样地，看到有魔力的东西呈现出的影响时，他也可以知道，自己已经来到了精灵王国的边界。

在头顶的空中，艾瓦瑞克看到了金鸟。他想一定是东南边精灵国度里的一场暴风雨将它们刮过了边界，尽管此刻一阵西北风吹过了我们人类的田野。他继续走着，但是边界并不在那儿。他穿过人类的田野，仍然没看到精灵国度的踪影。艾瓦瑞克决心继续前进，带着一点不耐烦，把西北风甩在身后。土地也开始变得一毛不拔，碎石遍地，暗淡萧条。没有花草，没有绿荫，没有色彩，那些记忆中的土地上所拥有的一切在这里全都不见踪迹，魅力不再。艾瓦瑞克看到一只金色的鸟高高地飞着，冲向东南方。跟着这只鸟，他希望能马上看到精灵国度的山峰，他相信这些山峰只是被魔法造的雾给遮住了。

秋天的天空仍然那么明朗，地平线那么清晰，可是依旧看不到一丝精灵山脉的影子。然而艾瓦瑞克并不知道精灵王国已经消退了，直到他看到在那荒凉多石的平原上有棵山楂树，在西北风的肆虐下仍完好无损，兀自在秋天盛放着。这棵树他一直记得，花色洁白，在童年的某年春天，令他欢欣不已。于是他就明白了精灵国度曾经在那儿，现在一定是消退了，就是不清楚到底退了有多远。艾瓦瑞克明白了这是事实，尤其是更早的时候像我们听到的传闻一样，它们从精灵国度通过各种各样的信使（常常带着祝福与和平）抵达我们，像魔法一般曾点亮过我们的生活。因此它们又从我们的田野里返回到精灵国度，成为神秘的一部分：那些我们失去的各种各样的记忆，我们曾珍视不已的小玩具。命运的起伏无常就是这日常规律里的一部分，如同科学规律一样在万事万物中都有迹可循。阳光能让森林变成煤，煤燃烧释放光芒；河流纳入大海，大海又重新输送水分到河流。所有事物在给予也在接受，甚至死亡都是如此。

接着艾瓦瑞克看到在干燥平坦的地上躺着一只粗陋的木雕玩具。他记得这个玩具，但又想不起来是什么时候的事情，也记不清是在多少年前（他又怎么说得出是多少年呢），它曾带给他多少儿时的快乐啊！某个不幸的日子，它被弄坏了，又一个不开心的早上，它被丢弃了。现在，他看到它躺在那里，不仅崭新无损，还有着一丝奇异的感觉，散发着异彩与浪漫气息。这光彩将他年轻时幻想的一切都变得美好了。它躺在那里，被精灵国度抛弃，就如同当大海带着漂浮着一层泡沫的海浪渐渐退去，在海滩上留下了美妙的东西一样。

浪漫不再，了无生机。这就是精灵国度从此处消逝之后的平原地。尽管时不时艾瓦瑞克一次又一次看到那些他童年里曾遗失的小物件都完好无损地出现在这里，它们曾掉落在永恒没有时间流逝的精灵王国，成为那辉煌璀璨的一部分。而此刻，它们却因为精灵王国宏大的撤离而被抛弃于此。旧日的旋律、歌曲和声音都在那里哼吟着，变得越来越弱，仿佛不能久留于在我们熟悉的田野上了。

当太阳落下的时候，一道玫瑰紫的光晕显现在东边的天空。艾瓦瑞克小小地幻想了一下，觉得这样的景象对于人间来说太过绚烂，不过这光可以引着他继续前行。因为在他看来，这是

精灵国度的辉煌光辉在天空的折射，因此他仍盼望着能找到精灵国度。地平线绵延无际，夜幕降临，天空中群星闪烁着。到这时候，艾瓦瑞克才会将那不眠不休的狂乱心情放置在一边，这情绪催着他从早上走到现在。他将之前披着的一件斗篷裹在身上，吃了点包里的食物，独自睡了一个不太安稳的觉。一起睡去的还有那些被遗弃之物。

黎明伊始，尽管十月的雾霭已经将所有的微光都遮盖住了，心中的焦灼难耐却已将他弄醒，他吞了最后一点食物，在灰白的天色之间就上路了。

没有任何响动从我们熟悉的田野里传来。因为当精灵国度在那儿的时候，从来不曾有人往那个方向走。而现在，除了艾瓦瑞克，也还是没有一个人踏入那片荒凉之地。他离开了人类那舒适的房子，离开了那鸡鸣狗叫的声音，正穿行在一片神奇的寂静之域，只是这寂静时不时地会被一些渺远的歌唱声打破。那是精灵国度消退时遗留下的歌曲。和往时相比，今天这声音更加微弱了。当黎明闪耀时，艾瓦瑞克再次看到天空中大放异彩，青绿色的光芒延伸到东南方的天边，他再次想到他看到的是精灵国度的一个映像。他加快步伐，希望能在下一个地平线处找到它。穿过又一个地平线，出现在眼前的仍然是满地的碎砾，完全没有精灵山脉淡蓝色峰顶的痕迹。

不管精灵国度是否一直就在下一道地平线之后，用自己的光亮照亮云彩，只是在艾瓦瑞克到达的时候光泽消退，撤向远方，还是说在数月数年前精灵国度就已经远逝，这些艾瓦瑞克都不清楚，他只是坚持往前走。最后，他终于来到了一片寸草不生的干枯的山背处——就是这里，他的眼神、他的希望所在之处。他的目光越过延伸到天际的荒凉平地，一点精灵国度的踪迹也没有，山峰的坡度尽无；甚至，因为精灵国度的消逝，记忆里的那些琐碎的宝藏也散落成了日常生活里的平常之物。艾瓦瑞克从剑鞘里拔出魔法之剑，但是尽管这剑有着对抗魔法的能力，却没有被赋予将失去的魔力带回的能力。不管他怎么挥舞这把魔法之剑，这片荒敝之地毫无起色，仍然碎石遍地，荒凉凋敝，宽广而又毫无浪漫可言。

艾瓦瑞克又继续前行了一会儿，但是在那平地上，地平线也悄然无声地跟着他一同前进，从来没有精灵山脉出现过。在那沉闷的平原上，他很快发现他已经失去了精灵国度，任何一个人早晚都会发现这点。

Chapter 11

幽幽密密从林深处

那段时间辛萝黛尔会用些小魔法还有变些小戏法来逗小男孩，有一段时间那孩子还挺满足欢乐的。但没过多久他便自己默默地在想，妈妈去哪儿了。他听到了人们口中的一切，并久久地思考这些话。然而时间一天天过去，他所知道的便也只是妈妈离开了，至于他心里到底在想些什么，他却只字不提。渐渐地，从人们或脱口而出或深藏于心中的话语里，从人们的眼神或眼角一瞥、那摇头摆脑中，他知道了一个关于他母亲离去的奇妙故事。但究竟有多奇妙，他又无从得知。因为每当他揣测时，这当中有太多奇异的东西涌上他的心间。终于有一天，他忍不住问了辛萝黛尔。

尽管辛萝黛尔苍老的心间沉淀着岁月的智慧，尽管她曾一度担心小男孩提出这样的问题，然而她并不知道这问题已在他心头徘徊多日了。除了跟他说他母亲去了森林深处，她再也想不出更好的答案了。小男孩听到这些，决定去森林里寻找母亲。

如今，欧里昂和辛萝黛尔一起在户外散步穿过艾尔的村庄时，他会看看经过的村民，看看露天的打铁炉旁边的铁匠、坐在门廊上的伙计，还有远方田野上来到集市上的人们。这些人他都认得。他最熟悉的是步履轻盈的索瑞尔和瘦小的奥丁，因为每次碰到他们，他们都会跟欧里昂讲述那些发生在高地和山那边的丛林深处的故事。跟着保姆晃悠的欧里昂很喜欢听这些关于遥远地方的故事。

夏日的傍晚，欧里昂在草地上嬉戏时，辛萝黛尔会坐在古井边，那里有棵古老的桃金娘树。有时奥丁会出来，带着他神奇的弓穿过草地。有时索瑞尔会来。每当其中有一人来到这草地上，欧里昂都会拉住他，求他讲一个森林里的故事。如果是奥丁，他会向辛萝黛尔鞠个躬，眼里写满敬畏。他会给欧里昂讲一些山鹿的故事，关于鹿有些什么举动的故事。这时欧里昂就会问上一句为什么。然后奥丁脸上会露出一副神情，好像他正在回忆一件十分久远的事情。沉默片刻后他会讲出一个古老的理由，不管鹿做了什么，最终的解释都是，因为它们的传统。

如果来的是索瑞尔，他会装作没有看见辛萝黛尔，给他讲讲他自己的林间故事。他声音低沉，而语气更为急促，然后他会继续前行，将黑夜留在身后，如同欧里昂感受到的那样，充满谜团。他会讲各种不同的生物，故事都稀奇古怪。据他解释，大多数的人都没法相信会有这样的事，他不愿意将故事讲给这样的人听，因此他就只和年幼的欧里昂讲它们。有一次，欧里昂去到他的屋子，一座挂满兽皮的黑棚屋，墙上灌满了各种毛

皮：狐狸的、獾的、貂的，墙角还堆着一些小型动物的。对欧里昂而言，和他见过的所有屋子比，索瑞尔的黑房子最令人惊异。

现在是秋天了，这小男孩和他的保姆很少能见到奥丁和索瑞尔了；因为晚上多雾，还有霜冻的危险，他们不再坐在桃金娘树旁了。但欧里昂在他们散步时盯得紧紧的。有天他看到索瑞尔离开村庄向着高地走去。他叫唤着索瑞尔。索瑞尔停了下来，脸上一副困惑的神情。因为他认为自己太无足轻重了，城堡里的保姆从不会细看他或注意到他，不管那是个女巫还是女人。欧里昂跑向他，跟他说："带我去丛林里看看吧。"辛萝黛尔心想，这一天终于还是到来了。但欧里昂的思绪已经游离到了山谷之外。辛萝黛尔知道她的魔咒再也不能阻止他跟在他们身后了。索瑞尔回道："不行，我的主人。"同时惴惴不安地看着辛萝黛尔，她已经跟过来了，并带着欧里昂离开了索瑞尔。索瑞尔独自一人进入树林深处干活去了。

这一切的发生正如女巫预见的那样。因为欧里昂先是哭了，接着梦到了这片树林，第二天，他就一个人偷偷溜到奥丁的屋子，求他去树林里猎鹿的时候带上他。奥丁当时正站在一张宽大的鹿皮上，身后是一堆燃烧着的木头，他讲了好些森林的故事，但没有带欧里昂去林子里，而是把欧里昂带回了城堡。辛萝黛尔后悔不已，当初说他母亲去了森林里，那无心之语已经唤醒了欧里昂身上浪迹的气质，这气质早晚会显露出来的。她还发现自己的那些咒语再也不能为他带来些许的满足了，于是也只好同意了。她还试了挥舞魔棒，念唱咒语，呼唤着丛林魅力充满室内壁炉，从林魅影萦绕着火舌的阴影，爬遍了房间里的角角落落，直到整个育儿室都同森林里一样神秘。可是这样的咒语都没能抚慰到欧里昂，阻止他的向往。她只好让他到树林去了。

一天早上，他穿过绿莹莹的草地，再次溜到奥丁的房子里。其实年老的女巫已经知道他离开了，只是没有叫回他，因为她的魔法也没法抑制一个人内心对流浪的向往，不管这向往觉醒得是迟还是早。当欧里昂的心早已飞向树林里时，她是留不住他的，因为，对于任何东西，女巫只会更加关心其中更神秘的那样。于是小男孩独自来到奥丁的房子。他穿过奥丁的花园，花园里凋零的花耷拉着吊在棕色的茎秆上，如果他的手指不小心碰上花瓣，她们就会变成烂泥一般。此时已经十一月了，屋子外整晚都打着霜。这次，欧里昂刚好碰上奥丁心情不错，准备在一个小时内出门，倒正合了这孩子的心意。当欧里昂进门时，奥丁正从墙上取弓，此刻奥丁的心早已飞到了树林中去了。所以当这孩子嚷嚷着也要去丛林中狩猎时，兴致勃勃的猎手又怎能拒绝他呢。

于是奥丁将欧里昂架在肩上，走向了山谷外的高处。人们看到他们是这副情状：奥丁背着弓，脚上穿着柔韧无声的拖鞋，披着棕色的皮外套；欧里昂骑坐在他肩上，裹着一张类似小鹿的毛皮，那是奥丁围在他身上的。随着村庄渐渐落在身后，欧里昂看到房舍变得越来越远，心里雀跃不已，因为他从没离开得这么远过。当高地拉开他和家人之间的距离，他感觉自己不再只是散步了，而是踏上了一场旅程。然后他看见了远方的树林，树林在冬日里显出一派隆重的黯淡。欧里昂一看到这，心里升起一股心悦诚服的敬畏之情。一片黑暗之域，一片神奇之土，一片庇护之所！奥丁终于带他来到了这里！

奥丁进入丛林时脚步轻盈。守护丛林的黑鸟们警惕地倚在树枝上，不过它们并没有因奥丁的到来而吓得飞散，只是低声慢慢地发出警告的声音，警醒地听着一切动静，直到他经过。鸟儿们甚至都不确定之前是否有人进入打破了这树林的美妙。浸埋在这丛林之魅中，面对黑暗深沉的寂静，奥丁面色凝重。他走进丛林的时候，脸上便呈现出一副庄重的神情。安静地穿过丛林就是他这辈子要做的事情。他走进丛林，就像人们走进心底的欲望。很快，他把这小男孩放在棕色的蕨丛上，独自向前走了一会儿。欧里昂看着他左手拿着弓消失在丛林中，像一道黑影融入一片黑暗中，随之与同类难分彼此。尽管此刻欧里昂不能跟着他，但心里已经十分开心了。因为他明白，奥丁走过的路、他呼吸的空气都在向他宣告，这可是正儿八经的打猎啊，不只是为了逗小孩子的把戏。这可比他玩过的所有玩具都令他开心。在他等奥丁回来的时候，庞大的丛林孤寂地笼罩着他。

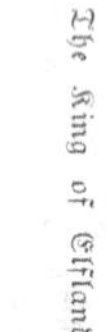

过了好久，他听到一阵响声，就在这奇妙的丛林中，这声音还不如黑鸟在扒开树叶寻找昆虫的时候弄出的动静大。奥丁回来了。

他一头鹿都没有找到，有那么一会儿，他就坐在欧里昂旁边向一棵树射箭。随即他就把箭收好，把小男孩往肩上一架，便往家里走去。欧里昂离开树林时眼睛里泛着泪，他实在太爱灰色高大的橡树身上透出的这股神秘的味道了，这神秘或许我们从未留意过，只是漠然从它们身边走过，即使有，也只是心里涌起的一丝似被遗忘的情结，稍纵即逝，而其中的启示却无从得知；但对欧里昂而言，这些橡树的灵魂是他的玩伴。所以他回到艾尔的时候就像从新朋友那里回来，心里装满了从苍老睿智的橡树身上学到的启示。对他而言，每棵树干都有意义。奥丁带着欧里昂回来的时候，辛萝黛尔正在大门口等着。她简单问了几句他们在树林里的情况，奥丁说起时她也是寥寥数语地回应着。她嫉妒奥丁他们，因为他们的“魔咒”能够打败她的魔法，把欧里昂吸引过去。那个晚上，欧里昂整晚都在做梦，梦见自己在丛林深处猎鹿。

第二天，他又偷偷地溜到奥丁的房子，只是奥丁出去打猎了，因为他需要补充些肉类。于是欧里昂去了索瑞尔的屋子，索瑞尔正坐在黑乎乎的家里，周围一堆各式各样的毛皮。“把我带去树林里吧！”欧里昂说道。索瑞尔坐上炉火旁边一把宽大的木椅子，想了下，开始讲丛林的故事。他和奥丁不一样，奥丁讲的都是他知道的一些单纯的事情，像鹿啊，鹿的生活习性啊，四季的变幻啊。而索瑞尔说的都是那些他在丛林深处或者是在黑暗中自己猜想的东西，那些关于人类和野兽的寓言。他特别爱讲狐狸和獾的故事，这些是他在黄昏临时观察狐狸和獾想到的。他就坐在那盯着炉火，讲着记忆里这些天长日久生活在蕨丛荆棘丛里的生物，以及它们的古老生活方式。这时的欧里昂忘记了想要去丛林中的渴望，他坐在一把铺着毛皮的小小椅子里，暖暖的，心满意足。他对索瑞尔说了一些他从未对奥丁说过的话，他说他觉得自己的母亲可能会从某颗橡树后走回来，因为她去森林也有段时间了。索瑞尔觉得那也是有可能的：对他而言，在丛林里发生多么奇妙怪诞的故事皆有可能。

后来辛萝黛尔来找欧里昂，把他带回了城堡。第二天，她任由着欧里昂去找奥丁，这回奥丁又把他带到了丛林里。没过几天，欧里昂又去了索瑞尔黑乎乎的屋子，那里的蛛网墙角似乎都藏满了森林的神秘，欧里昂在那里听着索瑞尔讲那些天方夜谭的故事。

森林的树枝慢慢变成了黑色，但仍旧对抗着落日暴烈的光线。冬天开始在高地施舞它的魔咒，村子里的智者预言要下雪了。有天，欧里昂和奥丁一起进入丛林里，他看到奥丁射猎了一头牡鹿。他看着奥丁摩挲着牡鹿的身体，将它剥皮后斩成两段，然后用鹿皮包好，头和角悬挂朝下。接着奥丁把角绑到肉身上，一把甩到肩膀上，鼓着一身力气把这鹿扛回家了。这男孩比猎人还高兴。

那天晚上，欧里昂去到索瑞尔那里把当天的事情讲给他听，不过索瑞尔有着更奇妙的故事。

时间一天天流逝，欧里昂从森林里、索瑞尔的故事里汲取到了一种对于所有事物的博爱之情，这正是一个猎人的渴望所需要的东西。他心里开始生发出一种情怀，这情怀与他名字的含义十分契合。然而，他身上所传袭的魔法血统暂时还没有显现。

Chapter 12

平原地上魅力尽失

等艾瓦瑞克明白自己已经失去了精灵国度，已是傍晚，他从艾尔出发也已经走了两天一夜。又一次，他躺在精灵国度消退后的平原上，地面上满是碎石。日落时分，在青蓝色天空的映衬下，东边地平线的黯黑以及那参差的岩石一览无遗，全然没有精灵国度的痕迹。暮光闪烁，但这是属于大地的暮光，并不是艾瓦瑞克寻找不休的那道屏障，那道为了将精灵国度与大地之境隔开而设置的屏障。星星开始露出了脸，这星星也是我们知晓的那些，艾瓦瑞克就在这熟悉的群星下入睡了。

他醒来时已是黎明时分，飞鸟无迹，天气寒冷。他听到远处有微弱的哭声似乎正渐渐飘走，好像又回到了梦境一般。他很好奇这些梦是否会再去到精灵国度，又或者，精灵国度是否消退得太远。他搜寻了东方所有的地平线，仍一无所获，看到的只是一地荒凉，满是岩石。于是他再次转向我们知道的那片田野。

他顶着寒冷行进，不再急躁，渐渐地，他身上也有了些许热度，接着秋日的阳光也带来些温暖。一整天他都在走着，当他再次走到老皮匠那栋农舍时，太阳变得越来越大，越来越红。他向这老人要了些食物，老人款待了他，其实他的锅里已经炖着晚饭了。没过多久艾瓦瑞克就坐到桌边，面前放着一盘松鼠腿肉、刺猬肉和兔肉。艾瓦瑞克吃饭时老人是不会吃的，而是无限关爱地等在一边，于是艾瓦瑞克觉得他的机会到了。当老人递给他一块兔子背上的肉时，他向老人提起了精灵王国。

“暮光比以前更远了！”艾瓦瑞克说道。

“是的，是的。”老人答道，不管他心里想的什么，声音里什么意思也听不出来。

“那它什么时候退去的呢？”艾瓦瑞克问。

“您说的是暮光吗？”这屋子的主人问。

“是的。”艾瓦瑞克说。

“就是那屏障，”艾瓦瑞克说道，压低了声音，虽然他也不知道为什么，“就是隔着这片田野和精灵国度的。”

一听到精灵国度这个词，所有的领悟力似乎都淡出了这老人的眼睛。

“噢。”他说道。

“老伙计，”艾瓦瑞克继续说道，“你知道精灵国度去了哪。”

“不见了？”老人问。

这无辜的惊讶应该是真的，艾瓦瑞克心想。但是至少他是知道精灵国度曾经在哪，它曾经离他家的门才两块地远。

“精灵国度过去就在隔壁那块地那边。”艾瓦瑞克说道。

老人的眼神游离了一会儿，回到了过去。他的眼睛在某个似乎代表着过去的地方停留了片刻，接着就摇了摇头。此间艾瓦瑞克的眼睛始终盯着老皮匠。

“你是知道精灵国度的！”艾瓦瑞克大声叫道。

可是这老伙计就是不开口回答。

“你也知道结界在哪。”艾瓦瑞克接着说。

“我老了，”老皮匠开口了，“我也没人可以问。”

他说到这里，艾瓦瑞克明白他是想到他的老伴儿，他也知道即使那会儿老皮匠的老婆还活着，站在那里，他也不会有什么关于精灵国度的消息，似乎也没有什么特别好说的。尽管艾瓦瑞克知道继续问下去也不会有什么结果，内心的急躁让他无法转移这个话题。

“谁生活在那里的东边？”他问道。

“东面吗？”老皮匠回应道，“那里还有北面，南面和西面，为什么您就一定要看着东面呢？”

他的脸上流露出乞求的神情，但是艾瓦瑞克并没有留意到。“谁生活在那东边？”艾瓦瑞克继续问着。

“主人，没人生活在东边。”老皮匠答道。确实也是如此。

“那里以前有些什么？”艾瓦瑞克问。

老人转过身去看锅里炖着的东西，他转身的时候喃喃低语着，声音小到几乎都听不到。

“有过去。”他说着。

老头再也不说什么，也不解释。艾瓦瑞克于是问能否在这

儿借宿一晚。老皮匠把他带到那张陈旧的床边，过了这么多年他依稀还记得这张床。有了这张床，艾瓦瑞克也不再麻烦老人了，便让他去吃晚餐了。艾瓦瑞克很快就睡熟了，感觉暖和而安宁。此时这房子的主人心中慢慢地想着好些事情，都是艾瓦瑞克觉得老人一无所知的东西。

田野里的鸟儿叽叽喳喳地唱着歌儿，叫醒了艾瓦瑞克，十月末的清晨让它们想起了春天。他起身走出门外，去到了这小块土地上的最高处，这地儿就在老人屋子没开窗户的那一边，面向精灵国度。艾瓦瑞克望向东边，那里一路通向蜿蜒曲折的天际，平原贫瘠荒芜，岩石满地，就是他前一天和大前天走过的地方。老人给他弄了早餐，吃过早餐后，他又出去了，再次看向那平原。晚上，老人腼腆地和艾瓦瑞克同席共享晚餐，艾瓦瑞克再次提到了精灵国度。老人间或说些东西，时而也沉默不语，这些让艾瓦瑞克重新燃起了希望。他觉得老人对于淡蓝色精灵山脉的去向肯定知道点什么。于是他带老人走了出去，面朝东方，而老人不太情愿地看向那个方向。他指着一块特别的岩石，这也是近处最引人注目的一块了，问道：“那块石头在那儿有多久了？”他希望老人对于这确定的东西能给出个明确的答案。

“一直在那儿，得让它派上用场。”老人的答案让艾瓦瑞克的希望大为受挫，就像冰雹砸在了盛开的苹果花上一样。

这出乎意料的回答让艾瓦瑞克晕头转向。一个关于确定事物的合情合理的问题得到的竟是这种不可理喻的答案，艾瓦瑞克绝望了，他明白自己这场不可思议的旅程很难从这儿得到什么实用信息指明方向了。于是整个下午，他都在农舍东面行走，望着那片沉闷无味的平原。它毫厘未变，丝毫不动。没有淡蓝色的山峰出现，精灵国度也没有回来。黄昏开始来临，沉闷的光线射在岩石上，石头闪着暗哑的光，当太阳落下后石头也变成了黑色，和大地上所有的一切一起变化着，而精灵国度的魅力已全然尽失。艾瓦瑞克决心开始一段伟大的旅程。

他回到农舍，跟老皮匠说他需要买好些干粮，能带多少是多少。吃晚饭的时候他们开始计划他需要的东西。老伙计答应第二天去左邻右舍走一趟，他列举了从每户人家那里能拿到的东西，告诉他如果上帝眷顾的话，那些设套儿捕到的猎物或许会更多。一切皆因艾瓦瑞克已下定决心往西行进，直至找到那片消失的土地。

艾瓦瑞克早早就睡下了，不知睡了多久，直到之前因追寻精灵国度而带来的最后一丝疲劳也消失殆尽，老人收完圈套里的猎物后叫醒了他。趁着艾瓦瑞克吃早餐的时间，老人将捕获到的猎物放进锅里悬在炉火上煮着。整个早上，老皮匠都在挨家挨户地拜访邻居，还去了田野边缘处的小农场。有几个给了他腌肉，有一个给了他面包，又有人递给他奶酪，于是他满载而归，刚好赶上准备晚餐。

艾瓦瑞克把老人背回的干粮全都装进了一个麻布袋里，扛在肩上，还有一些他兜在口袋里。他将屋主用大块毛皮制成的水袋装满，还把自己的三个水壶灌满了，因为在那荒凉之地他一条小溪都没见过。带着这些供给，艾瓦瑞克离开农舍，走了一段距离，又一次望向精灵国度逝去的那片土地。回来的时候

他心满意足，因为这些干粮可以撑两周了。

傍晚的时候，老人准备着一块块的松鼠肉，艾瓦瑞克再次站到农舍没开窗户的那一边凝望那片孤独的土地，时时希望着被落日染了色的云彩背后会露出那宁静的淡蓝色山峰，但他不曾看到过一个峰头。太阳落下了，十月已近尾声。

翌日早晨，艾瓦瑞克在农舍好好地吃了顿早饭，然后拿上那袋重重的干粮，付了房钱以后就上路了。农舍的门朝着西面，老人真心实意地看着艾瓦瑞克远去，祝他好运，与他辞别。但是，他就是不会绕过屋子看着他朝东面行去，也不会说起这段旅程，好像对老人而言，指南针从来就只有三个方向。

秋日明亮的太阳还没有升高，艾瓦瑞克就离开我们熟悉的田野开始向着精灵国度退去的那片土地行进了。除了肩上鼓鼓的袋子和一旁的佩剑，周遭什么也没有。他曾经见过的记忆中的山楂树此时都枯萎了，那些曾时时萦绕徘徊在这片土地上的古老的乐声，现在听着都虚若叹息；似乎那些声音越来越少了，就好像有些人已经死去，又或者是挣扎着逃回了精灵国度。

一整天，艾瓦瑞克都在行进着，尽管他身上背负着重重的干粮，肩上披着一条厚重斗篷般的毯子，踏上旅途前所蓄积的气力帮着他撑了下来。除此之外他还带着一捆引火柴，右手拎了一个炉子。这些个炉子、袋子和佩剑，使他整个人看上去很不协调。但是他心里始终怀着一个想法、一个信念、一个希望。所有有着这样想法的人似乎都让人觉得怪怪的。

正午的时候他停下来吃了点东西，歇息了一下然后慢慢地上路了，一直走到傍晚。即使到了那时候，他也还没有像计划的那样去休息，因为暮光降临，厚重地笼罩着东边的天空。他起身向前走了几步，想要看清楚这是不是我们熟悉的田野上那深邃厚重的暮光，隔开了田野和精灵国度。然而这就是大地之境上的暮光，即便等到群星出来，那些星星也都和我们从大地上所能看到的一样。于是他躺在那些棱角分明、苔藓不生的岩石之间，吃了点奶酪面包，喝了点水。夜晚寒气侵袭这片原野时，他用随身携带的少量木材生了堆小火，裹着斗篷和毯子，躺在火堆旁。火堆还没燃尽变黑以前他就沉沉地睡去了。

黎明来临，没有鸟鸣，也没有树叶或青草的低语。黎明来临，在一片死一般的寂静与寒冷之中。那原野上没有一丝一毫欢迎光明回归的痕迹。

或许黑暗永远包裹着这些棱角生硬的岩石会更好，艾瓦瑞克看着那些奇形怪状的伙伴散发着暗哑的光时这样想到。既然精灵国度已经远去，这里交由黑暗统治最好不过。尽管这片魅力尽失的土地所带来的苦痛，还有这清晨的寒冷，都深深地刺入了艾瓦瑞克的心里，他内心的希望仍炽烈地燃烧着。希望促使着他迅速地吃完早餐，就在那孤独的火堆留下的冰冷漆黑的灰烬圈旁，马上又匆忙朝着东边在岩石间开始了跋涉。整个早上，他就那么走着，一根草都看不见。那些他曾经见过的金色的鸟儿早就飞回到了精灵国度，而我们熟悉的田野上所有的鸟儿和一切活着的生物都对这片不毛荒地避之不及。艾瓦瑞克一个人孤孤单单地走着，就像一个人回到记忆里去重访那些留存的场景，而非来到了一个魅力尽失的地方。他身上似乎比前一天轻了一些，但是他却更加疲倦了，因为他感到倦意比前一天更浓了。中午的时候他休息了好一会儿才继续上路。各种各样的石头卧在那里，将地平线撕扯得有点参差不齐。一整天，一丝淡蓝色的山峰的影子都没有。当晚，艾瓦瑞克从日渐减少的木头里抽了一些生了一堆火，小小的火苗在那荒原上孤独地跳跃着，似乎暴露着洪水猛兽般的孤独。他坐在火堆旁想起了莱拉泽尔，尽管他不愿放弃，但是一瞥到那些岩石，它们似乎都告诫着他别抱希望：它们混沌无形的外观和这孕育着它们的平原有几分相似，似乎无边无尽。

Chapter 13

再遇皮匠沉默寡言

过了好些天，艾瓦瑞克才从那些单调乏味的岩石堆里明白：每天路程都和前一天没什么两样，无论再走多久多远，地平线依旧那样的崎岖不平，单调得令人生厌。淡蓝色的山峰从未出现在他的视野里，够吃半个月的干粮日益见少，他已经在岩石间跋涉十天了。此刻已是傍晚，艾瓦瑞克终于意识到：如果他继续前进，如果不能尽快找到精灵山脉，他将饿倒在这儿。他很节省地吃着晚餐，周遭漆黑一片，柴火也好久没用了，他已经放弃了曾经指引过他的希望。天边刚露出一丝光亮，指明了东边的所在，他就吃掉了前晚从晚餐里挤出来的一点食物，开始了回到人类田野的漫漫旅程。回来路上的石头似乎更加粗陋了，因为他的背后才是精灵国度。一整天他吃喝都很少，夜幕降临时，他留下的食物还足够撑四天多。

他曾幻想如果是返程的话，那最后这些天一定可以走得快些，因为没什么负重。只是他忽略了那些千篇一律的石头带来的影响，当曾经照亮那些阴森恐怖石头的希望之光消失不见时，它们的荒凉单调令人疲倦而绝望。之前他几乎没考虑过回头，直到第十天晚上，仍然没有淡蓝色山峰的踪迹，而猛然间，他又看到了自己的干粮。回程的路仍然烦闷无味，只是时不时地会夹杂些恐惧，害怕自己或许回不到我们所知晓的那片田野了。

荒地上矗立着无数巨石，比墓碑还要大还要厚，形状漫不经心，千奇百怪；然而却俨然一片延伸至世界边缘的荒冢，坟墓里躺着的都是些无名氏，墓碑上也没有留名。穿过刺骨的寒冷，向着燃烧的落日、清晨的雾霭，艾瓦瑞克走过空无一物的中午，走过飞鸟尽失、毫无生气的傍晚。自返程之日起，他已经走了一个多星期了，直到最后一滴水喝尽，他也没看到有我们所知的那片田野出现的任何迹象，或者记忆中其他比岩石更熟悉的东西。要不是跟着十一月的红日以及一些友好的星辰，或许那些石头还会误导他，把他引向北面、南面或是东面。最后，当黑暗即将围袭一切，那些数不胜数的石头在夕阳的余晖下，先是呈现出一片淡色，接着越来越红。在石堆的更西边，出现了一扇窗户，嵌在人字形的山墙上。艾瓦瑞克站起身，朝着那扇窗户走去，直到这漆黑中令人生倦的石头将他击倒，于是他躺下来，入睡了。小巧暖黄的窗户照进他的梦里，又点亮了希望，如同精灵国度生出的希望一样。

早上醒来时他看见了房子。这似乎不太可能是那栋用他微弱的灯光燃起希望，帮他熬过孤独的房子了——此刻看来，这房子实在太平常太不起眼了。他认出来了，这栋房子离皮匠家不远。很快他走到一个水塘边喝了点水，又来到一座花园，里边有个早起的妇女在劳作。她问艾瓦瑞克从哪里来。“从东边。”他指着那方向答道。妇女并不明白什么意思。于是他再次来到了出发的农舍，请老皮匠再次收留他，这已经是第三次了。

艾瓦瑞克疲惫不堪地走近时，老人正站在门廊上。老人又一次热情地款待了他，先给了他牛奶，又端来吃的。吃过东西后，艾瓦瑞克睡了整整一天直到晚上才开口讲话。不过，在他吃过睡饱再次坐到桌边的时候，晚餐又端到了他面前。暖暖的光照在身上，他感到有种一吐为快的冲动，于是他将在那片土地上发生的伟大旅程像倒豆子一样倾倒出来。他说那里不再有人类的痕迹，没有飞鸟，鲜有走兽，甚至草木不生，有的只是无处不在的荒凉。老人听着这些生动的描述，一言不发，只在艾瓦瑞克讲到我们熟悉的这片田野时才会插上几句。老人彬彬有礼地听着，但是对于这片精灵国度消退的土地只字不提，就好像东面所有的一切都只是一个幻象，仿佛艾瓦瑞克刚从幻象里走出来，或者是从梦里醒过来一般，此刻置身于日常事务中，对于梦境也无消言说。当然他惜字如金，但凡承认有精灵国度的，甚至是任何距离他屋子八十英尺以外的东西，老人一个字也不会提。艾瓦瑞克便去睡觉了，老人独自坐在那里直到炉火渐熄。想到刚刚听到的故事，老人摇着头。接下来一整天，艾瓦瑞克不是在休息，就是在老人被寒秋摧残过的花园里散步。偶尔他也会试图再次跟房子的主人讲他在那片荒芜之地上的伟大旅程，但老人从不承认有这样的地方。这个话题总是因为老人的回避而终止，尽管谈论这些似乎可以拉近他们之间的距离。

对此，艾瓦瑞克想过很多原因，难道是老人年轻的时候去过精灵国度，看到了什么惊世骇俗的东西？或许是死里逃生，还是为了逃避一段旷世的爱恋？难道精灵国度是一个太过神奇的谜，一说到它，俗世之人都不堪其扰？莫非那些住在人类之境边缘的人们因为熟稔精灵国度的荣光和那超凡的美，担心即使只是谈论也会诱使他们放弃定居尘世的决心难以挽回？还是说，每当提及这片魔幻之地就会将它拉得更近，可以把我们熟悉的田野也变得奇幻无比、充满灵气吗？所有这些问题他都没有答案。

他又休息了一天，然后准备出发回艾尔了。早上的时候，他和老皮匠一起走出门廊，跟皮匠道别，说着回家和艾尔的一些事情，这些日后都会成为农场上人们不错的谈资。此次艾瓦瑞克将要穿过寻常的田野开启通往艾尔的旅程，老人表示极为赞同，然而艾瓦瑞克对某些个地方的心心念念却还是不能得到他的认可；这简直是天壤之别。他们分开后，老人的道别声减弱了。他转身回到自己的房子，一边缓缓地走着，一边心满意足地搓着自己的双手。看到一个曾经盯着奇妙之地的人现在终于将转回到我们熟悉的田野上踏上旅程，他再高兴不过了。

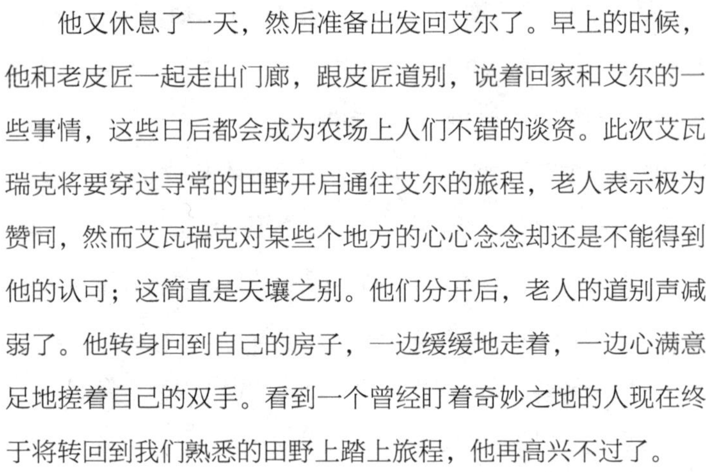

在田野上，霜冻决定着一切。艾瓦瑞克跨过白茫茫的草地，呼吸着清净新鲜的空气，对于家园和儿子了无牵挂。此时他心中萦绕的是什么时候能去到精灵国度，因为他想到，或许在极北的地方会有条路能绕到那些淡蓝色的山峰之后。他几近绝望地肯定，精灵国度已经消退到了他追不上的地方，但他又难以相信，精灵国度已经随着整个暮光之界消失了，退到诗人歌声里传唱的最远的地方。在极北，他或许还能找到那边境，那边境昏昏欲睡般与暮光躺在一起，不曾移动。或许就是在那淡蓝色的山峰下，他会再次见到他的妻子。他穿过雾气萦绕的田野，脑海里装着全是这些念头。

他的梦里、计划里全想着关于这片神秘莫测的大地。下午的时候，他揣着这些想法进入了艾尔上方的那片树林。走进的是树林，而他的脑子里想到的全不是这些。很快他看到不远处一个火堆升起一股烟，烟从黑乎乎的橡树干之间升腾起来，化作青灰色。他走向火堆，想要探清是谁在那里，走近一看，是儿子欧里昂和辛萝黛尔在烤火暖手。

“您去哪了呀？”欧里昂一看到他就叫起来。

“旅行了一番。”艾瓦瑞克回答道。

“奥丁在打猎。”欧里昂说着手指着青烟飘向的方向。辛萝黛尔什么也没说，因为她在艾瓦瑞克的眼睛里看到了比她还要多的疑问，话就在嘴边没说出来。欧里昂给他看了他身下的鹿皮坐垫，说：“这是奥丁打到的。”

大块的木材生起的火静静地燃烧着，烟气腾起氤氲在上方的树林，像是罩在一个魔法之中。秋日的落叶像是脱下的衣服，在地上铺成一地的灿烂。这不是精灵国度的魔法，也不是辛萝黛尔用魔杖唤出来的，这是丛林自己的魔法。

艾瓦瑞克默默地在那站了片刻，看着火堆旁的小男孩和女巫，明白是时候告诉欧里昂那些他不太清楚甚至现在还困扰着他的事物了。不过他也没有马上说出那些话，只是讲了些艾尔的事情，便转过身朝着城堡走去。晚些时候，辛萝黛尔、小男孩和奥丁一起回来了。

艾瓦瑞克走回到城堡大门处的时候就传令准备晚餐。稍后他独自在艾尔城堡的大殿里进餐，整顿饭间他都在想该说些什么。傍晚的时候，他来到育儿室，告诉小男孩他的母亲离开这里去了精灵国度，回到她父亲的宫殿去了（或许这是只在歌谣里才听过的地方）。随后他又毫不理会欧里昂所说的，搬出了他准备的那个简短的故事，告诉男孩精灵国度消失了。

“可是那不可能啊，”欧里昂说道，“因为我每天都能听到精灵国度传来的号角声。”

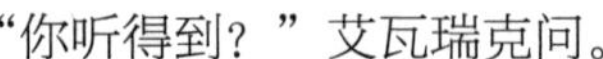

“你听得到？”艾瓦瑞克问。

“每天傍晚的时候我都会听到他们吹啊。”小男孩回答。

Chapter 14

一行人寻精灵山脉

冬天降临艾尔大地，一把攫住森林，抓得那些细小的树枝僵直而且静寂：山谷里，溪流被冻得静默不语；放牧牛群的田野里，草叶像陶器一样脆弱，牛群呼出的气息升到空中，仿佛营地上的炊烟。只要奥丁愿意带着欧里昂，不管何时他都会跟着去丛林中，有时也会跟着索瑞尔。当他跟着奥丁一起去的时候，丛林里弥漫着将被猎获的野兽的诱惑，巨型牡鹿的绚丽似乎盖住了远处山谷的阴沉。但是当他跟着索瑞尔一同前去的时候，一股神秘气息笼罩着丛林，好像没人说得清会有什么生物出现，也弄不明白无数的树干丛里出没的是什么、背后藏着什么。丛林里有啥，甚至连索瑞尔都不清楚，尽管不少已经葬送在索瑞尔敏锐的嗅觉上，但是谁知道这是否就是全部呢。

有时这孩子会在丛林里待到很晚，通常是在愉悦的夜晚，他总是会在太阳灼烧着下沉时，听到一排排来自精灵们的号角声在远远的东方在即将到来的暮色的寒冷里响起，遥远而微弱，像梦里听到的起床号一样。这号角声在丛林远处响着，从远处的草陵丘地传来，比那最尽头的丘峦还远，他知道这是来自精灵国度的银号角声。在所有其他方面，他就是个普通人，但他能听到精灵国度号角的声音，知道它是什么（对于寻常人而言，这声音总似在听力范围的一码之外）。就凭这两点，他就不仅仅只是一个人类的小孩。

精灵国度的号角声如何穿透暮光，在我们熟悉的田野里为人耳所闻，我并不理解。丁尼生[①]对它们的形容是：在我们的田野里“微弱地吹过”我们的耳旁。我相信，接受诗人们所说的一切并恰如其分地受到其鼓舞，才会将我们想象的误差减到最小。所以，尽管科学有可能否认或者确认这点，是丁尼生的诗句将我指引于此。

那些天，艾瓦瑞克走遍了艾尔国的村庄，但他心思远在他方，心绪不定。他在多户人家门前停留，一边交谈，一边进行着他新的计划，此时此刻他的眼神似乎紧紧地定在某个别人都看不见的东西上。他沉思着看着远处的地平线，精灵国度就在越过地平线的那一端。之后，他挨家挨户召集了一小支队伍。

找到极北之地的边界，越过我们熟悉的田野，追寻新的地平线，直到来到某个精灵国度还未消退的地方——这是艾瓦瑞克的梦想，他决心将自己的时间奉献于此。

---

① 丁尼生（Alfred Tennyson Baron, 1809—1892）：英国诗人，1850年任桂冠诗人，是英国维多利亚时代最受欢迎及最具特色的诗人。（译注）

在莱拉泽尔还和他一起生活在我们知道的这片土地上时，他一直想将她变得更加适合这里；但自从莱拉泽尔离开之后，他的想法却因此变得日益古怪，世人们开始对他那异想天开的样子侧目以对。他在梦里总是梦到精灵国度和精灵般的东西，他聚集了马匹和物资，为他的小支队伍准备了相当一大批补给，见到的人都惊讶不已。他邀了不少人加入那支奇怪的队伍，但是当他们明白是去哪儿时，只有几个人愿意跟随他去寻找精灵国度。他为这支队伍找的第一个人是一个为情所伤的小伙子；接着是一个年轻的牧羊人，他对孤独的地方习以为常；然后是某个在傍晚听到了一首奇怪的歌的人，这首歌令他的思绪飘到虚无缥缈的地方，因此对于能追逐幻想他心满意足；某个夏天的夜晚，有个小伙子躺在干草堆里，一轮巨大的满月在漫漫长夜里暖暖地照在他身上。从那之后，他就觉得自己在月亮的指引下看到了一些东西：但是无论那究竟是什么，艾尔国里其他人都没有看到过此类东西；当艾瓦瑞克问到他时，他立马也加入了这支队伍。艾瓦瑞克花了好多天才找齐这四个人，后来又找到了一个非常愚笨的小伙子。他让这小伙子去照料马匹，因为这小伙熟知马性，马也理解他——再没有一个人类，不管是男人还是女人，能够理解他，除了他母亲。当他答应艾瓦瑞克一起走的时候，他的母亲哭了。母亲说，因为对她这个年纪的人而言，他就是她的全部支撑和寄托，他弄得清什么样的风暴即将来临，什么时候燕子将会飞走，她在花园撒下的种子将会开出什么颜色的花，蜘蛛会在哪里结网，甚至关于苍蝇的古老寓言，他全都知道。母亲哭着说，因为他的离开，艾尔国失去

的东西会比人们以为的更多。但是艾瓦瑞克还是带走了他，世间多少事都是这般情形。

某天早晨，艾瓦瑞克宫殿的大门前等着六匹马，马鞍上驮着堆得像小山似的干粮。五个小伙子也等在那里，将要随他漫游到世界的边缘。艾瓦瑞克与辛萝黛尔讨论了许久，但是她说她的那些魔法对精灵国度根本不起作用，也无法穿透精灵国王强大可怕的意志。艾瓦瑞克也十分明白尽管她的那些魔法是些人间的简单魔法，基本没有其他魔法能穿过我们知道的大地，没有诅咒和密令能打败她的那些魔咒伤害到他的儿子，因此他将欧里昂托付给辛萝黛尔照顾；而他自己呢，他托付给等在这漫长疲倦的旅程之后的命运。艾瓦瑞克不清楚这场旅程到底要持续多久才能找到精灵国度，也不知道重新穿越暮光之境的旅程会不会成功，他和欧里昂说了很久的话。之后他问男孩这辈子想做什么。

“成为一名猎手。”欧里昂这样回答。

“那我在山那边的时候，你想猎获什么呢？”父亲问道。

“牡鹿，像奥丁一样。”欧里昂答。

艾瓦瑞克对这项活动大加赞赏，因为他自己也很喜欢。

“总有一天，我还会到山那边去打奇特的东西。”小男孩这样说。

他的父亲列举了一些不同的动物名称。

“不，比那些还要奇特，”欧里昂说：“甚至比熊还要特别。”

“但那到底是什么呢？”父亲问。

“神奇的东西。”小男孩答道。

不过马匹在严寒中焦躁不安地踱着，没时间继续闲聊了。艾瓦瑞克告别了女巫和他的儿子，踱步离开了。他没怎么幻想将来，因为一切都太模糊了，根本没法想。

艾瓦瑞克跨上堆着成堆干粮的马背，一行六人骑着马走了。村庄里的人都站在街上目送他们离开，所有人都知道了他们古怪的追求。当所有人都与艾瓦瑞克致意，呼喊着与队伍里最后一名伙计告别后，人群里嗡地升起一阵议论声。议论声里有对艾瓦瑞克追求的鄙夷、惋惜和嘲笑，有时也有赞赏的声音，有时又是轻蔑。然而在所有人的心里都有嫉妒，尽管他们的理智都在嘲讽着这漫游就是一次荒诞不经的冒险，但是他们的心都跟着去了。

艾瓦瑞克骑着马离开了艾尔的村庄，身后跟着一个冒险者、一个多愁善感的人、一个疯子、一个为情所困的伙计、一个年轻的牧羊人、还有一个诗人。艾瓦瑞克让范德（也就是年轻的牧羊人）来统领队伍，因为他觉得范德是队伍中最理智的一个人。但是他们刚出发，在还没扎营之前，就有了分歧。艾瓦瑞克听到了，或者说是感受到了队伍里的不满，意识到对于这样一次冒险，应该由最疯狂的人，而不是最理智的人来统领队伍。于是他任命尼瓦（那个蠢小伙子）来做队伍的首领。从那以后很久，尼瓦都干得很出色。多愁善感的人也很支持尼瓦，所有人对尼瓦的任命都十分满意，也很敬仰艾瓦瑞克的追求。在许多地方，人们以不这么和谐的方式做着更为理智的事业。

他们来到高地，穿过田野，一直骑啊骑，来到人们修筑的

最远的篱墙——人类在田野的尽头建造的房子，那以外是人们连想都不愿意想的地方。就在这世界的边缘之地，错落立着一排房子，每英里四五户的样子，艾瓦瑞克和他那奇怪的队伍前进着。皮匠的小屋在南边很远的地方。此刻他转向南方，骑过那排房子的背后，又穿过暮光之境消退的田野，直到他会找到一处精灵国度还没有消退得太远的地方。他将这些解释给队伍成员听，团队的精神领袖尼瓦，还有善德（就是那个多愁善感的人）立马鼓掌欢迎。蒂尔（就是那个追寻歌声的人）也同意这是个明智的计划。范德呢，则被这三人的狂热所感染，神魂颠倒。而对患单相思的兰诺克而言，全都一个样。当火红的太阳触摸到地平线时，他们并没有走多远。就着短促的冬日里剩下的余晖，他们匆匆开始扎营。尼瓦说，他们要建一个王宫一样的宫殿。这想法让善德激动不已，干起活来一个顶仨。蒂尔也很热切地帮着忙。他们竖起木桩，将毛毯在上面铺开，垒起了一道灌木丛墙，因为他们就在一丛丛灌木边上。范德也在帮忙弄一些粗糙的树障；兰诺克也不辞辛劳地苦干着。当一切都完成之后，尼瓦说这就是一座宫殿。艾瓦瑞克走到里边歇了下来，此时外面生起了火堆，范德为大家做了晚餐，他每天都会在孤独的丘陵地为自己做饭。而照料马匹这事，没人能比尼瓦做得更好了。

夕暮渐渐淡去，冬日的寒气渐浓。当第一颗星辰开始闪耀时，漫漫黑夜除了刺骨的冷似乎再无他物。然而艾瓦瑞克的伙计们伴着火堆躺下了，一队人裹着毛皮入睡了，除了深受相思之苦的兰诺克。

艾瓦瑞克身处帐篷，躺在皮毛上，盯着灼烧着的火苗印在帐篷上的跳跃燃烧着的影子。追寻的誓言说得多好啊：他会探足极北之地去看每一道地平线，寻找精灵国度的踪迹；他会沿着我们熟悉的那片田野的边界行进，以便常能补给；如果看不到任何淡蓝山峰的影子，他会一直走下去，直到精灵国度还没有消退的地方。就这样他们都跟来了。尼瓦、善德和蒂尔那晚还向他发誓，用不了多久，他们一定会找到精灵国度。想着这些，他睡着了。

Chapter 15

精灵国王退避三舍

莱拉泽尔和那些绚丽的树叶一起飘走时，树叶在闪闪发光的空中飘舞着，又一片片掉落下来，在地上翻转跑动了一会儿，就被树篱挡着，聚集停在了那里。但是，能将一切吸附的大地却抓不住她，因为精灵国度国王的咒语已跨越边界，在唤她回家。她无忧无虑地乘着这股强劲的西北风，漫无目的地俯视着我们所知晓的大地，一直向着家的方向飞。于她，大地再也无能为力，因为她的重量（这也是大地能够吸附我们的原因）随着尘世顾虑的消失也一并没了。她看到了那片她曾经和艾瓦瑞克漫步过一次的田野，毫无感伤之情，田野一飘而过；她看到人们的房屋，房屋也一跃而过；深沉、厚重的颜色出现了，她看到了精灵国度的边界。

一阵呼叫声传到她这里，那是大地对她最后的挽留，里面夹杂着诸多声音：一个小孩的叫喊声、白嘴鸦的咕咕声、牛群低沉的叫唤声、拉着重物慢腾腾往家赶的马匹重重的呼吸声。随后她进入到暮光织成的厚重的结界里，所有人间大地上的声音骤然弱下来，等她穿过结界，声音戛然而止。西北风像一匹疲倦的马倒地而亡，在这边界处骤然而停，因为在我们的土地上肆意刮着的风根本吹不进精灵国度。莱拉泽尔缓缓地向前倾斜降落，双脚重新踏上了故乡这充满魔力的大地上。她清晰地看到了精灵山脉的山峰，在山峰下延绵的深色是守卫着精灵王王位的森林。森林上方矗立着巨大的尖塔，即便现在是精灵国度的清晨，它依旧微微泛着光。塔尖闪烁的光芒跟我们在人间所见到多露水的黎明相比，不知道要辉煌多少，而且永远都不会消失。

精灵王之女轻盈的双脚轻触草地，越过精灵国度的土地。双脚落下来碰到蓟花的冠毛并扫过花冠，花冠也抚摸着莱拉泽尔的双脚。此时，一阵软软的清风缓缓卷过我们熟悉的土地。所有精灵般神奇的事物，这片土地上的不同寻常处，那些奇怪的花儿和魅影重重的树木，空气中飘浮着的拥有预兆之意的魔法，所有这些都让她充满了对家的回忆。她对着第一棵长满树瘤、像土地神一样的树干挥舞手臂，轻吻了皱巴巴的树皮。

她就这样走进了这片魔法树林。邪恶的松树守护着树林，戒心重重的常青藤斜挂在松树枝上，莱拉泽尔经过时它们俯身致意。尽管林子里没有出现一个奇迹，没有一丝魔法的痕迹，但是却将过去的一切带回给莱拉泽尔，就好像她从没有离开过一样。她觉得这一切还是昨天早晨离去时的光景，而此刻还停留在昨天早上。当她经过树林时，艾瓦瑞克的剑曾砍出的裂痕依然鲜明，白溜溜地呈现在树身上。

此时，一阵光亮彻树林，紧接着彩色的闪光此起彼伏地闪烁，她明白那是父亲草坪周围环绕的花团发射出的光辉。她再次走向那些花儿，就像当初她离开父王的宫殿，想要一探站在外面的艾瓦瑞克的究竟一样，脚步依然轻盈，从那弯曲的草叶间，蛛网和露水间轻轻地拂过。那些美艳的花儿在那精灵之光里散发着光芒，远处的地方光芒闪烁熠熠生辉。就在那儿，她曾经走出的那个入口仍然开着，通向草坪，除了在歌谣里出现过，从不曾出现在人们的言谈中的宫殿，莱拉泽尔重新回到了那里。通过魔法，精灵王听到了她悄无声息的脚步，正站在门前准备迎接她。

两人相拥，国王长长的胡子几乎将她湮没：那天早晨，他曾长久地为她的离去悲伤不已。他疑惑不解，尽管他满腹智慧；他曾害怕恐惧，尽管他身怀魔法；他曾像凡夫俗子似的对她思念不已，尽管身居尘世之外有着魔法血统。现在她再次回到家，因为精灵王的喜悦点亮了精灵国度所有的领地，光晕在精灵山峦的斜坡上随处可见。穿过闪闪发光的门廊，他们再次走进宫殿，经过之处，国王的卫士挥剑行礼致意，但并不敢侧目追随莱拉泽尔的美丽。他们再次走到置放国王宝座的大殿，宝座由彩虹和冰做成。伟大的国王登上宝座，将莱拉泽尔放在膝头。一种平和的情绪笼罩精灵国度的大地。

在精灵国度无尽的清晨，没有什么能够打破这样的宁静。经历了尘世的纷扰，莱拉泽尔平静了下来。精灵王坐在那里，内心感到深沉的满足。卫士们仍然保持着致敬的姿势，剑头静静地指向下方，整座宫殿焕发着耀眼的光彩，如同喧嚣的城外一个很深的水池中的画面：绿色的芦苇，发光的鱼，无数的小贝壳，在暮光下幽深的水里闪耀着光泽，漫长的夏日过去，无事烦扰。因此，他们不受时光流逝的困扰，周围的时间也停滞了，就如奔腾的瀑布在寒冰冻住溪流的那一刻突然停顿一样。精灵山脉神圣的蓝色峰顶屹立于他们之上，神圣祥和，如同一个永恒的梦。

随后，就像林子里的鸟儿听到一些城市的噪音，又像欢喜重聚的孩子们听到一阵啜泣声，像是一阵哭泣里的一声笑声，像早英初绽的果园里袭来一阵寒风，又像独狼走向羊群熟睡的山丘——精灵王感觉到有人正穿越大地的田野向他们走来。是艾瓦瑞克带着他那用闪电铸造的剑正一步步地在靠近，不知怎的老国王嗅到了剑上的魔法。

于是精灵王站起身，站在闪闪发光的宝座面前，这是精灵国度的中心。他将左臂搭放在女儿身上，抬起右手施展强大的法术，同时喉咙深处发出清晰的共鸣，吟唱出一个节奏鲜明的咒语，莱拉泽尔一个词儿都没听到过。古老的咒语将精灵国度唤得远远地，离大地之境越来越远。美妙的花儿听到这咒语，花瓣如同沉醉在音乐中一般，深沉的音符淹没了草坪，整座宫殿兴奋不已，震颤着闪耀着更明亮的色彩。一股魔力越过平原直达暮光的边界，一阵颤抖闪过施过魔咒的树林。精灵王还在继续吟唱。一直响起的有预兆的音符，此刻抵达了精灵山脉的山峦，群峰战栗，如同笼罩在雾霭之中。夏日的热气从沼泽中搅腾而起，在空气中舞蹈。整个精灵国度都听到了，整个精灵国度都遵从这一咒语。现在国王和他的女儿飘走了，如同撒哈拉里的游牧人升起的烟雾从骆驼毛做的毡蓬里透出一样，如同黎明时分幻梦褪去，如同日落时扑涌上来遮盖天际的云彩，像清风追随炊烟、黑夜伴随幻梦、温暖伴同落日一样，整个精灵国度都随他们一起飘远。留下了荒凉无人的平原，乏味枯燥，魅力尽失。咒语念出得如此迅速，精灵国度如此突然地就遵从了，而许多短小的歌谣、古老的回忆和花园，或是记忆中的山楂树，只是由着精灵国度的退去裹挟着走了一小段路程，摇晃着慢吞吞地向着东方移了一点，直到精灵的草坪也消失了，那暮光结界一下子潮涌般地扑过，将它们留在了岩石间。

我不知道精灵国度到底去了哪，甚至都不明白它是否是随着大地的边缘消散了，还是飘荡去了山的那边融入了暮色之中。曾经魔法紧挨着我们的土地，现在什么也没有了。不管去了哪里，那都应该是十分遥远的地方。

精灵王这才停止吟唱，一切尘埃落定。沉寂之中，无人决断，延绵的云层蒙覆在夕阳上，从金色变成粉红，抑或从绚丽的粉变成无精打采的黯淡色彩。整个精灵王国都远离了人类世界的边缘，那些在人类漫长的岁月里所潜藏的奇迹和幻想都消失得无影无踪，它到底去了哪里，我亦无法言说。精灵王重新端坐在冰雾做成的宝座上，那里彩虹环绕。他再次把女儿莱拉泽尔端放在膝盖上。因为吟唱魔咒而打破的平静，再一次包裹住了精灵国度，厚实、深沉，这平静降临在草坪上，落在花丛中，每一片闪闪发光的草叶轻微地卷曲，就像大自然在哀恸末日突降时“嘘”了一声。花儿继续沉醉在美丽的梦里，不管寒秋与冷风。远至矮人居住的荒野那头，也沉睡在了精灵王带来的平静之中。烟雾从矮人奇特的住所里升起，静静地定在空中。在森林里，这平静安抚了无数颤抖着的玫瑰花瓣，平息了矗立着巨大的百合花的池塘，直到百合花和它们的倒影继续沉睡在一个绮丽的梦中。树木被梦幻攫获，叶子一动不动，水面平静，空气凝滞，巨大的百合叶子绿油油的，静静地浮在空中。树叶之下，水面之上，矮人乐乐乐坐在一片叶子上。在精灵国度，他们就是这样为去了艾尔国度的矮人取名的。他坐在那，盯着水里，眼神直直的，就这么盯着、盯着、盯着。没有东西打扰他，一切都没有改变。

所有的事物都静止不动，在国王的心满意足中沉沉睡去。守卫骑士将剑收回剑鞘，随后静静地站在终身岗位上，身上的盔甲看着就像主人已经故去几百年。国王仍沉默无语地端坐于位，女儿继续坐在膝上。他的眼睛一动不动，如同淡蓝色的山峰。透过宽敞的窗户看到精灵山脉的群峰闪耀着光芒。

精灵王不再困扰，也没有移动，而是固执地停留在找到满足的那一刻。这股力量在他所有的疆域内施加了影响，全是为了精灵国度的福祉。因为此刻国王已拥有了纷乱复杂、变化万千的尘世一直苦苦追寻的东西，这东西如此稀罕，须臾就会荒弃。他获得了满足，并紧握不放。

在整个精灵王国陷入沉静的时刻，我们所知的大地已过去十年了。

Chapter 16

欧里昂携犬队猎鹿

在我们所知的田野上，十年过去了。欧里昂也长大了，他学会了奥丁的本事，也有着索瑞尔的计谋。他知悉丛林、缓坡山谷，就像其他的男孩子知道怎么做数字乘法或听懂外语，并用自己的母语做记录一样。他对笔墨之事知之甚少，比如如何记录一个已死之人在晚年时对奇遇的想法或是已经烟消云散的过往，在黑暗的时候如何为我们发声，在沉重年代的打击下如何拯救众多孱弱的事物，又或者，经过百年历史的车轮如何将那些在被人遗忘的山丘上长眠之人的歌曲带到我们面前。尽管不通文墨，但只要在干燥的地上摸一下狍子的脚，即便已经过去三个小时，对他而言心中仍有一副清晰可见的路线图。林中无物穿过，但欧里昂却能读懂它所有的故事。对他来说，林子里的各种声音都充满意义，就像数学家面对各种符号和数据，能轻易地将千百万分解成简单的一、二、三来。看着日月清风，他就能知道什么鸟将会进入树林；他知道即将到来的季节是否温暖或寒冷，比森林里的野兽差不了多少。野兽虽然没有人类的理性和灵魂，但对森林之事的洞悉却比我们厉害得多。

他将树林的情绪摸得越来越清楚，才十四岁，就可以像树林里的野兽一样进到它黑暗的洞穴里去。而不少人，活过一辈子，要不是把黑黝黝的路照一照，从来都不会走进一片森林。人进入森林，就好像身后跟着风似的：他们蹭到树枝，踩踏嫩芽，说话，抽烟，脚步沉咚咚；松鸡对着他们大声啼叫，鸽子飞离树枝，兔子溜到安全的地方，还有更多他们不知道的野兽在他们踏入森林的时候就蹑手蹑脚地逃开了。不过欧里昂行动就像索瑞尔一样，他穿着鹿皮鞋，像猎手一样行动。当他走近的时候，森林里的动物都毫不知觉。

他像奥丁一样，开始拥有一大堆毛皮。那都是用弓箭在森林里猎获的。他将巨大的牡鹿犄角高高地挂在城堡的大殿里，就在那些陈年的犄角之间，蛛网密布百年之久。这是艾尔的人们认他为王的迹象之一，因为还没有艾瓦瑞克的消息传来，而所有艾尔的老国王都曾是猎鹿手。另一个迹象则是他与女巫辛萝黛尔的分别：此时欧里昂独自一人住在城堡，辛萝黛尔回到了山中，她再次住回到小茅屋，将甘蓝菜种在靠近雷电处的高地上。

那整个冬天，欧里昂都在森林里打猎牡鹿。但是当春天到来时，他将弓收了起来。不过整个鸟语花香的季节，他心思还在林中的追逐之上。他挨家挨户地去找养着瘦长猎犬的人家，有时候他会将猎犬买下来，有时是别人答应借出几天去给他打

猎。于是欧里昂聚集了一群棕色的长矛猎犬，心里盼望着春夏季节快点过去。一个春天的傍晚，欧里昂正在照料猎犬，村民们大都聚在各家门前，注意到了这傍晚的漫长。一个人出现在了街道上——一个没人认识的人。他从山地中起来，身上裹着老旧的衣服。那衣服贴在他身上，像是从没脱下过来一样，看着又像是他身体的一部分，然而不知怎的，它又像是大地的一部分，因为山地里的黏土将它浸染成深棕色。一个村民注意到了这个高高大大的行路人，他轻松地迈着步伐，眼里写有倦意。没有人知道他是谁。接着一个妇女说话了："那不是范德那个小伙子嘛。"于是他们都围了上去，这确实是十多年前丢下羊群跟着艾瓦瑞克骑马走了的范德，没人知道他那时去了哪。"我们的主人怎么样啊？"他们问道。范德眼里浮出疲倦的神情。

"他还在追寻着。"他说。

"去了哪呢？"众人问道。

"去了北边。"他回答，"他还在找寻精灵国度。"

"你怎么离开他了呀？"他们问道。

"我失去了希望。"他说。他们不再质问他，因为所有人都明白想要追寻精灵国度，需要有强烈的信念，没有信念就看不到精灵国度群峰的微光，那神圣、亘古不变的蓝。接着尼瓦的妈妈跑上前来，"这真的是范德吗？"她问。大伙都说："是啊，是范德。"

正当众人聚在一起窃窃私语谈着范德，讨论时间和流浪如何改变了他时，她对范德说："给我说说我儿子吧。"范德答道："他带着大伙儿在寻找，没人像他一样更能令主人信服了。"

大家都吃惊了，然而却也没有什么好惊讶的理由，因为这本身就是一场疯狂的追寻。

但是独有尼瓦的母亲毫无异色，“我就知道他会的，”她说，“我就知道他会的。”她内心无比满足。

总有一些活动和季节来满足每个人的情绪，但却没有什么能够满足尼瓦的疯狂。这时艾瓦瑞克开始了精灵国度的追寻，于是尼瓦找到了属于他的事。

艾尔国的人们在傍晚的时候和范德说着话，听着那些露营、行进的故事，听着一个关于徒劳无益的漫游的故事。艾瓦瑞克年复一年地出没于地平线处，像鬼魅一样。无益的年月让范德显得忧伤，忧伤之余，当他讲到一些发生在营地里的蠢事时，脸上还会间或闪现出一丝笑容。但是，这些都是由一个在这场追寻里失去了希望的人讲的，事情不应该像这样被人讲述出来，不应该夹杂怀疑，也不应面带笑容。因为这样一个执着追寻的故事，或许只能由那些会为这种荣耀而沸腾的人讲述：如果是疯头疯脑的尼瓦或者是充满幻想的善德来讲，或许我们能听到一些关于这场追寻里能点亮我们心灵、闪着光辉意义的消息。但是如果这故事里全是事实和嘲弄，讲述故事的人还是一个完全不再受如此追寻诱惑的人，断然不会有一点光辉的效果。星辰探出了头，范德还在讲着他的故事。人们一个接一个回屋去了，再也无心听这毫无希望的追寻之旅。如果这故事是从一个紧紧坚持信念，仍带领着艾瓦瑞克的流浪者们继续旅行的人嘴里讲出来，在人们离开之前，星辰的光辉都会因此黯淡，在他们离开之时，天色大亮，最后还会有人喊“不会吧，已经是早

上啦！”不到那时候，他们是不会走的。

第二天，范德回到开阔的丘陵地，回到羊群身边，再也不烦心去想这浪漫的追寻了。

就是在那个春天，人们又一次讲起艾瓦瑞克，想一想他的追寻，讲一讲莱拉泽尔，猜她去了哪里，因为什么离开。那些讲不出来龙去脉的地方，就会编一些故事来解释，人们口口相传，到后来大家也就都相信了。春天过去了，他们已经忘掉了艾瓦瑞克，臣服于欧里昂的统治。

有一天欧里昂正等着夏日快点过去，心里想着天寒地冻的日子，梦里全是带着猎犬上到山地的情景。兰诺克（那个恋人）越过山丘，顺着范德曾经走过的路，回到了艾尔国。兰诺克最终心里自由了，曾经的忧伤杳然无迹，变成了一个无忧无虑，毫无牵挂，心怀满足的人。他不再嘘声叹气，一番长途游历之后，就想着休息一番；光是这一点都可以让维莉亚，那个兰诺克曾经追求的姑娘愿意来追随他。因此结局就是她嫁给了他，而他也不再奇思异想四处游荡了。

许多个傍晚，有人还是会望向山地，直到长日流逝，一阵怪风拂过树叶。有人从起伏的丘陵上看过去，然而却并没有看到其他艾瓦瑞克的追随者顺着范德和兰诺克踩踏过的路回来。当叶子变成一片奇异的火红和金黄时，人们不再谈论艾瓦瑞克，而是遵从了他儿子欧里昂的意志。

秋季来临前的一天，欧里昂黎明前就起身，带上号角和弓走向猎犬群。天还没亮，猎犬听到这脚步声还很惊讶：它们还在睡梦中就听到了这脚步声，醒了，围着他嚷嚷开了。他解开

猎犬，抚慰着它们，带着它们去向开阔的丘陵地。欧里昂和猎犬队来到丘陵处，这里沉浸在一片孤独的辉煌之中，牡鹿正吃着挂满露水的青草，这时人们还没有醒来。在野外这湿漉漉的清晨，它们跑过闪烁着微光的斜坡，欧里昂和他的猎犬们这样满心欢喜地在一起。当他踩在这一大片迟开的百里香丛时，欧里昂闻到了空气中浓郁的花香。对于猎犬而言，弥漫的都是清晨漫游的味道。在黑暗中有哪些野外生物在山上相遇；在它们的旅程中又碰到了什么；天色亮起，人类的威胁靠近时它们又去了哪里——欧里昂一边想一边感到不可思议，而对猎犬而言，这一切不言而喻。它们仔细地嗅着某些味道，有些它们嗤之以鼻，但有一种味道他们怎么嗅也嗅不到，因为那日清晨，巨大的红色鹿并没有出现在丘陵上。

欧里昂领着它们走出艾尔山谷好远，还是没有看到牡鹿的踪迹，连吹来的风中都没有夹杂着一丝猎犬们热切搜寻的味道，草丛里、树叶间都没有隐藏着那样的气味。傍晚来临，夕阳变得硕大无比，殷红如血，欧里昂带着猎犬回家了，他吹起号角召唤着掉队的猎犬。在丘陵薄雾之外很远的地方，有比他的号角回声更微弱的声音传来，但是每一个银色的音符都清晰无比。欧里昂经常在傍晚时候听到精灵们召唤的号角声。

带着共同的疲惫，怀着伟大的情谊，欧里昂和他的猎犬们借着星光在黑暗中回家了。终于，灯光从艾尔王国的窗户里闪耀起来了，欢迎着他们。猎犬们回到棚舍，吃过东西，躺下身，心满意足地睡了。欧里昂回到了城堡，也吃过了东西，随后坐下开始回想今天跑过的丘陵、他的猎犬，还有这一天。疲劳使他的思绪平缓下来，不知不觉就入眠了。

许多个日子就这样过去了。某个露珠欲滴的早晨，他们翻过丘陵里的一处山岭，看到一头牡鹿正在下方进食，而它的同伴早已撤离。猎犬们爆发出一阵喜悦的嚎叫，巨大的牡鹿在草地上灵活地移动着。欧里昂放了一箭，没射中。这一切都发生在一瞬间。然后猎犬们流散跑开。风从背后吹来，带来一圈涟漪，牡鹿跑开了，每只脚就像踩在舞动的泉水上。一开始，猎犬比欧里昂敏捷。但是他和猎犬们一样不知疲倦，偶尔还抄抄近道，所以当猎犬跑到一条小溪边时，欧里昂就停在它们的不远处。猎犬们踌躇不前，开始需要人类理性的协助，于是这只能由欧里昂出手了。很快它们又上路了。它们从一个山头跑到另一个山头，一个早上就这么过去了，而它们再也没有看见那头牡鹿。下午也过去了。猎犬们凭着奇怪而神奇的技巧，仍然循着牡鹿留下的脚印穷追不舍。接近傍晚的时候，欧里昂看到了它。牡鹿沿着山坡缓缓地走着，越过粗粝的草地，草叶在斜阳的光辉下熠熠地闪耀着。欧里昂鼓舞着猎犬，它们又撵着它追过了三座小山谷，但是在第三个谷底时，牡鹿转过身来，站到铺满卵石的小溪里，在那等着猎犬的到来。猎犬凑上来围住牡鹿，盯着它的第一支鹿角。在那里它们按倒了牡鹿，在夕阳里杀死了它。欧里昂吹起号角，心里涌动着巨大的欣喜之情。这就是他想要的。一阵愉悦的音符响起，好像也在庆祝或是模仿着他的快乐。越过他不知道的山丘，或许是从夕阳之外的远方传来，精灵国度的号角声回应着。

Chapter 17

星辉下闪现独角兽

冬天的到来给艾尔国的屋顶、所有的森林与高地都蒙上了一层白色。清晨欧里昂带着他的猎犬来到了田野，整个世界就像由生命书写的新篇章，前一夜发生过的所有故事都被大雪掩埋。狐狸走了，獾不见了踪影，丛林里的赤鹿也都离去了；它们留下的踪迹一直延伸到远处的丘陵草地，之后便消失了，如同那些政治家、士兵以及朝臣们的功绩，在历史的舞台上沉浮。就连鸟儿在这白雪皑皑的草地中也留下了足迹：你可以看到那三点爪印一步一步往前延伸着，突然之间这足迹两侧多出了三点小小的擦痕，那是它们最长的羽毛扑腾而起时留下的，足迹也就在那一点完全消失不见了。这些足迹就如同某次呐喊、某种激荡的狂想，成为历史中的一页，随着岁月的流逝，所有的痕迹都将消失，能留下的也只有史书中这一页的几行字句罢了。那一夜，欧里昂的故事就这样流传了下来。不久前他带着猎犬追随某只巨大的牡鹿留下的足迹，一路走过草地，直到艾尔境内再听不到他的号角声。他们翻过一条山脊，身影在夕阳余晖的映衬下显得黢黑，这时艾尔国的人们才看到他回家了，而很多时候只有夜至霜起，星辰在空中闪烁时，他才回来。人们常常能看到，他的肩头扛着赤鹿的皮毛，巨大的兽角在他的头顶摇摇晃晃。

有一天，艾尔国的议会成员们聚集在纳尔的打铁铺里，而欧里昂对此一无所知。那是黄昏时分，此时大家伙都已经干完活，回到了家里。等所有人都到齐，安静地入座后，纳尔庄重地把三叶草蜂蜜酿造的蜂蜜酒递给了每个人。随后他打破了沉默，说艾瓦瑞克已经不再统治艾尔国，如今艾尔的国王是艾瓦瑞克之子。纳尔再次提起曾经他们多么希望能有一位拥有魔法的国王统治这个山谷，让艾尔国声名大噪，说那个人应该是欧里昂。

“现在呢？”他说，“这就是我们所期盼的魔法吗？他还不是就像祖辈们一样去猎鹿，自始至终我们都没有看见他展现魔法，没新意。”

奥丁站了出来，替欧里昂说话：“他和他的猎犬一样敏捷，从黎明到日落狩猎不停，穿过了最遥远的丘陵草地，回来时也不见疲惫。”

“只不过是年轻罢了。”歌西卡说道。

所有人都这么说着，除了索瑞尔。他站了起来，说道：“他知晓森林的规律，比任何人都清楚野兽的习性。”

“还不是你教他的，”歌西卡说，“算不上魔法。”

“所有的这一切，”纳尔说，“都跟魔法无关。”

于是他们争论了好一会，为失去曾满怀希望能够看到的魔法而悲伤着。因为，除却史书的记载，没有一个村庄曾和魔法打过交道；没有一个村庄与之打过交道，它的名字却为人津津乐道；呜呼哀哉，艾尔的村庄全然未被记录在史册；从古至今，翻越过艾尔丘陵的这一头，无人知晓。多年前他们所构建的蓝图仿佛已经遗失，现在除了用三叶草蜂蜜酿造的蜂蜜酒，他们看不到任何的希望。于是他们陷入了一片沉寂，喝起酒来，这酒可真是佳酿啊。

没过一会，新的计划在他们的头脑中逐渐清晰起来。艾尔国的议会成员们又开始骄傲地相互争辩着。他们本可以做出新的部署，但奥丁站了起来。在艾尔国的村庄里有一间用火石建造的房子，屋里摆放着一部古老的编年史，那是一部用皮革装订的书卷。到了特定的时节，人们就会写下各种各样的事情，比如事关农民何时播种，猎人如何追踪牡鹿的踪迹，还有先知如何预知人间未来的智慧。奥丁引用了其中的一些话，他记得那是很古老的一页中记录的两行，剩下的部分说都是关于锄地的事情。此时，艾尔国的议会成员们端坐在桌前，面前摆放着蜂蜜酒。奥丁将书中所讲的内容告诉了他们：

“命运女神以如夜色般的长发遮头掩面，任何先知都无法预知她们会带来什么。”

他们不再多作谋划，不知是因为书中所说的话让他们深感敬畏，还是因为蜂蜜酒比书中所写的内容还要浓烈。但不管怎样，他们又安静地喝起了蜂蜜酒。星光已经开始闪烁，而西方

还是亮着的。这时他们离开了纳尔的屋子打道回府，一边走一边嘴上还嘟囔着：没有一位拥有魔法的国王来统领他们，他们渴望着魔法的降临，以拯救湮没的村庄以及他们深爱的山谷。他们陆陆续续互相道别，各自归家。有三四个成员住在村庄的边缘附近，就在丘陵的下方，他们还没有到家，就看到星光与夕阳的余晖下闪烁着一团白色的明亮的光，那是一只被紧紧追赶而疲惫不堪的独角兽正穿梭在丘陵地带。他们停了下来，紧紧地盯着，擦了擦眼睛，捋了捋胡子，出神地想着。不管怎样，那是一只白色的独角兽，正疲惫地奔跑着。接着，他们就听到欧里昂的猎犬的叫喊声渐渐逼近了。

Chapter 18

夜色中的灰色帐篷

被追捕的独角兽穿过艾尔国山谷的那一天，艾瓦瑞克已经在这附近游走了十一年。有十年时间，他们一行六人走过荒无人烟的田野，在那些人间的边缘地带搜寻着。夜晚来临时，他们就地露营，把那些奇怪的行头悬挂在杆子上。只需看他们一眼就知道这段旅程有多么不可思议，整片田野中就数他们的营地最令人称奇。随着夜色渐浓，他们的经历也越发地浪漫、充满了神秘。

不找到精灵国度绝不罢休的艾瓦瑞克热情依旧，他们的行程显得十分轻松与随性：在一个营地里待着挺舒服的时候，他们便会在那待上三天，然后再继续前行。走了九、十英里路之后便又停下来扎营。艾瓦瑞克心中始终确信，有朝一日，他们一定能够看到那一道暮光之界，有朝一日，他们也一定能走到精灵国度。他也明白，在精灵国度时间的概念是不存在的，莱拉泽尔不会老去，她的容颜不会消散在奔腾的年岁中，终会抹去一切的时间也不会在她的脸上留下一道皱纹。这是他怀揣的信念，也是支撑着这一行人继续前进的动力，让他们在那些孤独夜晚的篝火旁振奋起来，使他们一路向北。他们一直在人间的边缘地带徘徊游走，那里是所有人类未曾关注过的地带，因此他们的行踪也从未被人看见或是留意过。只有范德还会回想起他们的希望，然而一年年过去，他的理智也渐渐否定了那种曾引领着所有人前行的希望。终于有一天，他不再对找到精灵国度抱有希望。自那之后，他便只是单纯地跟随着其他人的脚步。直到有天风雨交加，大家全身都淋湿了冷得不行，马儿也没有了力气，他离开了。接着是兰诺克，因为他的心中也没有了希望，想从这样的沉闷悲伤中走出来。有一天，当人间的田野中所有的画眉都在树上高歌时，他在闪烁的阳光里丢掉了无望，他想起了舒适的家，还有来来往往的人们。没过多久，在一个夜晚，他就离开了，向着那令他神往的土地出发了。

现在只剩下四个人了，他们都怀着一个信念。虽然被雨淋湿的粗布还挂在杆子上，但夜里他们都十分满足。那是因为艾瓦瑞克还心存希望，所有的同伴都给予了他力量，正是这样的力量与信念帮助艾尔赢得了那些过去的战斗，而现在经过了几个世纪，这样的力量依旧存在着。在尼瓦和善德的脑袋瓜里，这样的信念变得越来越强大，就像园丁无意间种下的稀有花朵，在不被注意的土地上蔓生一样。蒂尔将这种信念放进了歌谣里，吟唱过后他的那些奇思妙想让艾瓦瑞克一行的旅程愈发充满了魅力。于是他们怀着同样的信念团结在了一起。越伟大的征程，不管是疯狂也罢，神圣也好，如果能够像这样一般，就会愈加繁盛。反之则越容易失败。

他们在人迹罕至的田野间一直向北走了好多年，接着有一天他们就变了方向，朝东去了。不论在哪儿，只要看到天空中有一丝异动，或是夜色中有那么一丝的奇异现象，又或是仅仅靠尼瓦给出的一个语言，他们都以为离精灵国度似乎又近了一点。每每遇到这样的情况，他们便会穿过那一片在人间边缘地带存在了好多年的岩石区，而艾瓦瑞克只有看到人和马儿的粮食不够时，他才会停下来。可是尼瓦却还是会让他们继续往前走，因为走得越远他的热情反倒愈加高涨。蒂尔会为他们歌唱预见中的胜利。而善德则会说他看见了精灵国度的山峰与尖塔。只有艾瓦瑞克一个人是理智的。于是他们又会返回到人类居住之地获取更多补给。尼瓦跟善德两个人总是唠唠叨叨地对别人说他们的旅程，艾瓦瑞克对此却只字不提，因为他知道这片土地上的人从未说起过也从未对精灵国度抱有任何期待，尽管其中的缘由他并不知晓。

很快他们又出发了。兜售食粮的人在他们走后好奇地盯着他们看个不停，好像他们觉得从尼瓦和善德那听到的谈话要么是疯言疯语，要么就只是梦一场。他们一直这样行走着，总是搜寻着想要找到发现精灵国度的突破点。风从他们的左侧吹过来，带来了人间的气息：五月的花园里开放的紫丁香，接着是山楂树的味道，之后就是玫瑰的香气，到最后空气中弥漫着的是刚收割过的干草的味道。从这个方向远远地还传来了牛群低哞的声音，他们听到人们在说话，听见鹧鸪在叫唤，都是那些

农场里传来的令人愉悦的声响。而他们的右手边，则永远都是一片荒芜——碎石满地，别说花儿，连草都没有。没有了人群的陪伴，然而也找不到精灵国度；在这种情况下，他们需要蒂尔的歌声，需要尼瓦坚定的希望。

艾瓦瑞克的旅程在人间传了开来，他所经过的地方都知道了他的故事。有些人对这些人充满了鄙夷，觉得他们赌上所有光阴就为了探索精灵国度的存在；有些人觉得这是种荣耀。但艾瓦瑞克并不在意，他只是想要那些人带来的粮草而已。于是他们继续前行。像传说中的那样，他们在没有人烟的地方行走，在夜幕降临时支起他们那不成样子的灰色帐篷，如同雨悄无声息般来，又像薄雾散去般静静地离开。关于他们，人们有的开着玩笑戏谑，有的用歌声吟唱。但最终歌谣把那些玩笑话比了过去，他们终于成了一个传奇，在那些农场间流传下来。每当人们说起无望的探求，总会说起他们，要么被嘲弄，要么被赞颂。

与此同时，精灵王一直都在注视着。通过魔法他能够感知到艾瓦瑞克的剑在靠近，有一次他的王国被这剑惊扰过。当空气中隐约出现了霹雳铁的味道时，他再清楚不过了。一感知到它的靠近，国王就把边界拉扯得更远，只留下那一片被精灵国度舍弃的荒野。尽管他不清楚人类能够走多远，但他所保持的距离也足以让孜孜不倦的彗星疲惫不堪，这样他便安全了。

可是当艾瓦瑞克带着剑深入北境时，精灵王放松了对王国的牵引，月亮引起的潮汐使整个王国又往回飘移了一段距离，就像海浪冲回了沙滩一样。彩带般的暮光边界又飘回到了那一片荒野的上空，带着那熟悉的歌谣、依然如故的梦境，还有声响。有那么一小会儿，暮光的边界再一次在我们所熟知的田野上闪烁着光芒，就像无尽的夏日里傍晚时分停留在天边的金色霞光。而此时艾瓦瑞克正在遥远荒凉的北境四处游荡着，放眼望去这一片荒地上满是岩石。只有当他和他的剑以及他的同伴走远时，精灵国度的入口才会如潮汐般靠近，靠近老皮匠的房子，靠近他周围的村庄，仅仅只在距离它三块地的不远处停留。这片充满了神奇的疆土，诗人们苦苦追寻的地方，蕴藏着所有浪漫宝藏的土地，就在这附近。精灵山脉安静地凝视着边界，好像它那淡蓝色的山峰从未移动过一样。独角兽在边界吃着草，它们有时会回到精灵国度（这些奇特生物的家园），吃着精灵山脉斜坡上生长着的百合花；有时也会在夜深人静的时候悄悄穿过暮光的边界，吃着人间的野草，因为它们也会时不时地贪恋人间的气息，就像高地上红色的鹿每年都会渴望去一次大海。虽然独角兽是因为生在精灵国度而奇特，但人类却知晓它们的存在。生在人间的狐狸有时也会穿过边界，在某些特定的季节进入到暮光边界，因此，当他再次回到人间时，身上总是带着一丝精灵国度的传奇色彩。狐狸也是很奇妙的，但只是在精灵国度才显得那样，就好像独角兽在人间也显得很奇特一样。

住在附近农场的人们很少看见独角兽，即使黄昏时天色暗淡，他们也总是背对着精灵国度。只有那些有闲心的人才会留意到精灵国度的奇幻、美丽与魅力，还有那些故事。庄稼、那些不那么奇妙的动物、杂草、树篱笆等等都需要人们的照看。只有每年当他们战胜寒冬时，他们才有闲心休息一下。但他们

也清楚地知道，只要稍微想一想那精灵国度，哪怕只是一小会儿，它的光辉荣耀便会将他们吞噬、夺走他们的闲暇，他们就会没有时间去清理杂草、修剪树篱笆以及耕地了。然而当欧里昂在傍晚时分被精灵国传来的号角深深地吸引时，当他听到这些精灵的声音与魔法相辉映时，他独自一人带着猎犬穿过田野来到暮光的边界。深夜里，他在那看到了独角兽。他带着猎犬悄悄地沿着一小块地的树篱摸了过去，拦在了独角兽和边界中间，不让独角兽回到精灵国。这只独角兽的脖子发着光，身上的斑点在星光下闪耀着银色的光芒，它喘着气，受到了惊扰有些烦躁。突地一下子，它穿过了艾尔国的山谷，像是受到了启发，如同一片被陈旧习俗压迫的土地迎来了新的王朝、突然返程的水手发现了新大陆一般，开心不已。

Chapter 19

并无魔法的十二人

已经鲜有其他的事物经过村庄，也没有再传出什么流言，连那只独角兽也没有再出现过。事情发展到现在的缘由是这样的。那三个人在星光下见过独角兽后，立刻就告诉了他们的家人。尔后他们的家人又跑着去告诉了别的人家，因为在艾尔国所有新鲜奇怪的事情都能够算得上是好的谈资，毕竟一天的工作做完，人们总是需要各种话题来打发漫漫长夜。就这样事情一传十，十传百，所有人都在谈论着独角兽。

过了一两天，在纳尔的打铁铺里，艾尔国的议会议员又聚到了一起，他们喝着蜂蜜酒，讨论着独角兽。他们中有些人显得很欣喜，独角兽可是具有魔力的生物，来自那国境以外遥远的地方，他们觉得欧里昂身上也具有魔力。

“因此”，有一个人说，“他能去到那一片我们无从说起的土地上，那里所有的东西都有魔力，这就说明他也是如此。”

有些人同意这个说法，说他们的计划终于实现了。但也有人觉得那头野兽是在星光中出现的，万一那只是一头普通的野兽，谁又说得清楚那一定就是独角兽呢？有人说在朦胧的星光下根本就看不清楚，还有人说独角兽本身就很难辨认。之后他们又讨论起了传说中那些野兽的大小形状。却迟迟没有下定结论，他们的国王是否捕获了一头独角兽。

直至最后，纳尔意识到他们这样是无论如何都查明不了真相的，他觉得事实必须通过某种方式得到证明才算数。他起身告诉大家，他们得投票了。于是他们就按照纳尔提议的那样为那只独角兽投票，他们轮流拿着彩色的贝壳投到一个号角里。投票过后大家安静肃穆地等待着纳尔进行统计。最后通过票数得到的结果就是——没有独角兽。

很遗憾，艾尔国的议会亲眼看着他们的计划落空了。他们都已经年迈老去，多年来想要有一位拥有魔法的国王的愿望是无法实现了。现在该怎么办呢？如何才能用魔法？他们能做些什么才能让世界记住艾尔国？十二位没有魔法的老人能做些什么呢？他们坐着喝着蜂蜜酒，沉浸在悲伤之中。

与此同时，欧里昂和他的猎犬正站在精灵国度的入口处，看着这道最后的屏障如同高涨的浪潮，拍打着人间的田野。他会在傍晚，听着清晰的号角声对他的召唤，来到这里，等待着四下安静时独角兽偷偷地穿过边界。他不再猎捕牡鹿。

太阳西沉，当他走过田野，在田间劳作的人们会十分高兴地同他打招呼。越往东走，越靠近边界，人烟愈发稀少，没有人知道他的去向，只剩下他和猎犬默默行走着。

太阳落下时，他会安静地站在那道距离暮光边界最近的树篱边，所有的猎犬都聚集在树篱底下。他紧紧地盯着它们，让它们都不敢离开。鸽子会穿过树林飞回家，叽叽喳喳地叫着；精灵的号角会在此时吹响，带有魔法的音乐清澈悦耳，将刺穿这清冷的空气，天空中的云朵一下子就会变换色彩；天色渐渐暗了下来，欧里昂会等待一道模糊的白色身影从暮光的边界中穿越过来。就在这天夜里，正当欧里昂用手让猎犬们安静下来的时候，从边界溜出来一只巨大的白色独角兽，嘴里用力地嚼着一种人间没有的百合花。终于来了，这只白色的野兽不动声响地就出现了，它只走了三四米，站在月色中，仔细地听着。欧里昂一动不动，他似乎有种能力让所有的猎犬都保持安静，或许这也是猎犬本身就有的智慧。五分钟之后，这只独角兽往前走了一两步，就开始吃起人间茂密香甜的野草。它刚一走动，从深蓝色的暮光边界里又走出了好几只独角兽，一下子就来了五只在田间觅食。可欧里昂和他的猎犬仍然一动不动地等待着。

独角兽们正一点一点地远离边界，向人间更深的草丛中走去，此时它们全都在人间静静的黄昏里吃着草。要是这时候传来一声鸡鸣，它们的耳朵便会立刻竖起来，警觉地观察着四周，因为它们从来都不相信人间的任何东西，也从来都不会冒险深入人间的土地。但这次领头的那只独角兽最终还是远离了暮光边界，这样一来，欧里昂和他的猎犬就有机会在边界追捕到他。假如欧里昂不认真对待并仔细考虑，假如他只是出于无聊，而不是出于对猎人这门手艺的热爱，那他便会失去一切：猎犬们就有可能会在追逐离边界最近的独角兽时，一瞬间冲进边界迷

失在里面；而假若猎犬紧紧跟着，它们也有可能会迷路，这一天的辛苦就都白费了。不过欧里昂让他的猎犬去追捕的，是距离边界最远的那只独角兽，他自始至终都紧紧地盯着，以防有猎犬去追逐其余的独角兽。有一只确实想这么做，但欧里昂的鞭子已经准备好了。就这样他切断了猎物的归途，他的猎犬第二次全力追捕着一头独角兽。

这只独角兽听见猎犬的脚步声，意识到它已经回不到自己充满魔力的家时，它的四肢腾地一下弹了起来，像一支离弦的箭，嗖的一下就冲向了人间的田野。当它飞奔到树篱前，似乎并没有收紧四肢一跃而起，而是毫不费力地像滑翔般飞过了树篱，脚一着地便又狂奔了起来。

第一次冲刺时，猎犬遥遥领先于欧里昂，但这也使得他能够在每次独角兽试图掉头奔回那片魔力之地时，有机会转移独角兽的方向。成功阻断之后，他再一次向猎犬队靠近。欧里昂第三次转移独角兽方向时，终于让它一直往前朝着人间奔跑。猎犬的咆哮就像隐形未知的跳水者在水面上荡起的涟漪，划破了这宁静的黄昏。在这场飞驰的追逐中，独角兽远远地甩开了猎犬，很快欧里昂只能看着它渐渐远去，剩下一个白点沿着山坡在夕阳里移动着。之后这只独角兽攀上了山谷的顶端便消失在视野中。但独角兽身上拥有魔力的奇特气味却一直牵引着猎犬，像草地上跳动的音符，一直奔跑跳跃着。渐渐地，日光消散，天空已然准备好迎接星光的到来。一颗、两颗星星就这样冒了出来。树木都陷入了沉睡。溪水腾起的雾气慢慢地笼罩了整片土地。在这一片朦胧中，即便他们靠近了独角兽，也不见得就能够找到它。

他们经过了一些小房子，房子孤零零地建立在这片土地上。榆树林把它们都掩藏了起来，高大的紫杉形成了一道屏障，将它们遮挡，不让田野中漫步的人们看见。要不是跟着独角兽，欧里昂可能从没有机会见到这样的房子。猎犬一路狂奔一路咆哮，经过这些房子时也依旧狂吠不已，因为空气中弥漫着的魔力气味告诉它们，有什么奇怪的东西正四下潜伏着。最开始它们这么做是想跟同伴分享这一信息，而后便是要向它们的主人发出警告。

当这支队伍经过一栋被荆棘包围的小房子时，门突然间就开了。门口站着一个女人，一直望着他们。本来在这漆黑的夜里，她也只能看见几个灰色的影子。但当欧里昂经过时，房子发光了，黄色的光芒在这清冷的夜里晕染开来。愉悦的温暖使他欣喜起来，他本来想在孤独田野中的舒适之地休息一小会，但猎犬已经继续前行，他也就只有跟了上去。他们的叫喊就像喇叭一样，回荡在远处的山谷中。

一只狐狸听见了他们走来的声音，它静静地站着一动不动，仔细地聆听着。它开始还有点疑惑，但捕捉到独角兽的气味之后，一切都变得明了了，因为它知道这种有魔力的味道来自精灵国度。

羊群闻到了这种气味，却被吓坏了，它们一下挤作一团拼命跑了起来，直到再也跑不动了。

牛群从睡梦中惊醒，迷迷糊糊地望着四周，不知发生了什么。但独角兽已经走了，就像一阵清风从乡村花园里带走的玫瑰花香，飘入城市的街道，拂过嘈杂的交通，便消失了。

猎犬们带着狂喜的狩猎，如同一列充满热血的生命披荆斩棘般穿过了沉睡寂静的田野。但很快星辰又凝望着这片安静的土地。虽然那只独角兽早就消失在视野中，但一次次地翻越树篱几乎不再给它带来任何的优势。起初，当猎犬们还在树篱间寻找缝隙，追踪猎物，在灌木丛的茎秆间挣扎着的时候，它不费吹灰之力就能跨过任何树篱，就像鸟儿可以轻松地飞翔在云朵间。然而现在它得花更大的力气才能够跨越树篱，有时甚至会被树篱的顶端绊倒。它奔跑的速度也慢了下来，因为之前从未有哪只来自精灵界的独角兽走入人间这么久。疲惫的猎犬似乎已经察觉它们与独角兽之间的距离渐渐缩短，于是叫嚷的声音里又多了一股兴奋劲儿。

它们又穿过了几道树篱笆，前面隐约显现出一片树林。当独角兽走进林子时，猎犬的声音越发清晰。两只狐狸见到独角兽慢慢地走着，好奇地想知道这只拥有魔力的疲惫生物身上到底会发生些什么。它们分别跟在独角兽的一侧，跟上它缓慢的步伐。尽管已经听到猎犬的叫喊，它们却一点都不害怕，因为它们知道跟随那魔法气息而来的任何生物都不会转变方向去追逐人世间的东西。独角兽吃力地在树林中行进着，那两只狐狸一路好奇地跟着它。

猎犬们也进了林子，高大的橡树间回荡着它们的喘息。欧里昂一路紧跟着，他的速度一直持久不衰，也不知道这样的速度是因为人间就有，还是边境另一头的精灵国度赐予了他的与众不同。夜色中的树林漆黑一片，猎犬们不需要看，那奇特的气味一直引导着它们，而欧里昂也能跟随着猎犬的声音找到方向。它们没有丝毫的迟疑，在夜色下星光里继续搜寻着。这不像追捕狐狸，也不像追捕牡鹿，因为另外一只狐狸的气味可能会出现在追捕的路线中，奔跑的牡鹿也有可能会经过一群牡鹿和雌鹿之间，甚至羊群的出现也有可能会打乱它们追踪的路线。然而，这只独角兽却是那晚唯一出现在人间带有魔力的生物，它的气味准确无误地残留在了人间的草地上，那是一种浓烈带有魔法的味道。猎犬们循着这丝气味穿过了树林，走到了山谷里。那两只狐狸依旧跟在独角兽身边，静静地观察着。走下山坡时，独角兽小心翼翼地动了动它的脚，似乎下坡时它的重量伤到了它们。此时它的速度和猎犬仍然不相上下。它沿着山谷的凹槽走了一小段，一到达谷底便向左奔跑了起来。但猎犬已经慢慢逼近，它接着往对面的斜坡跑了过去。但这样一来，它的疲倦便无法隐藏。任何野兽都不会把这种疲倦感表露出来直至最后关头。它费力地拖着沉重的步伐移动着。欧里昂从对面的山坡上看到了它。

当独角兽到达山谷顶端时，猎犬已经在它身后了。欧里昂突然挥动起他的长鞭缠住了独角兽那只角。猎犬们不断地对着独角兽嚎叫，但那只角不停地扭动，没有猎犬敢轻举妄动，因为它们知道看见它就意味着死亡。尽管非常急切地想钳制住它，但在那晃动的独角面前，它们只能后退。欧里昂拿起了他的弓，却没有射箭。也许很难安全地避过猎犬射中独角兽，又也许是因为那种对我们来说很熟悉的感觉是对独角兽的不尊重。他拔出随身佩戴的古剑，从猎犬中间走过，和这只致命的独角交战。

独角兽缩起了脖子，它头顶的兽角对准了欧里昂。虽然这只独角兽已经累了，但它健壮的脖子里蕴藏的力量却依旧强劲。它正准备给出致命的一击，但欧里昂几乎没有闪躲。他用力地把剑刺向独角兽的喉咙，可是兽角却一次又一次地击回了剑锋，向欧里昂刺来。他用整只手臂的力量击挡住了，还留下了一英寸的距离。他又刺向了独角兽的喉咙，而那只独角兽略带轻蔑地就躲了过去。独角兽一次又一次地将兽角瞄准欧里昂的心脏，这只巨大的白色野兽一步步往前逼退了欧里昂的进攻。那优雅弯曲的脖子有力地驱使着它那致命的独角，渐渐地消耗着欧里昂的体力。当欧里昂再次尝试却又遭遇失败后，他看见独角兽目露凶光，眼前的这只白色巨兽脖颈间已透露出恐惧。他知道自己没法再闪躲。就在这时，一只猎犬跳了起来咬住了独角兽的右肩胛处。另一只也在同时跳到了独角兽的背上。一只接着一只，每只猎犬都找准了一个位置咬了下去。尽管如此，它们看上去仍旧像一群乌合之众，像碰运气似的在摇摆着。一瞬间，独角兽周围就聚集了很多猎犬，于是欧里昂也不再用剑刺向独角兽的喉咙。独角兽发出了极为难听的呻吟，我们在人间还从未听过这样的声音。没过多久便只听见猎犬们的低吼，它们在这神奇生物的尸体上咆哮着，沉浸在这奇妙的血液中。

Chapter 20

故事基于一件史实

经过激烈的战斗最终获得了胜利，疲倦的猎犬因此兴奋不已，欧里昂拿着鞭子走过去才将它们从这巨兽的尸体上驱赶下来。他挥着鞭子，在空中飒飒地画着大大的圆。另一只手持剑砍下了独角兽的脑袋。他将独角兽那修长白皙的脖颈上的皮也一同剥了下来，让皮空荡荡地吊在那脑袋上。猎犬不停地叫喊，伺机躲避着长鞭，迫不及待地想冲到那尸体上撕咬一通。因此，欧里昂除了要专心使剑，还得费力地挥动起鞭子。他花了好一阵子才拿到属于他的战利品，然后用一根皮鞭把它吊了起来，扛在了肩头。那根巨大的独角就立在了他脑袋的右边，剥下的脖颈间的皮就顺着他的背垂了下来。在整理这些战利品的时候，他允许猎犬爬上尸体去舔舐那奇妙的血液。随后他呼唤着它们，用他的号角吹响了一个音符，所有的猎犬都跟在他后头，慢慢地返回艾尔国度的家。那两只狐狸悄悄地走上前，好奇地尝了尝独角兽的血，它们在一旁守候了那么久，为的就是这一刻。

当独角兽登上此生最后一座山丘时，欧里昂早已疲惫不堪，通身乏力，他觉得再往前挪一步似乎都不太可能。但此时，即便扛着那沉甸甸的脑袋他也毫无倦意。现在的他如同早晨七八点钟的太阳，一身轻松地走着，毕竟他刚刚捕获了人生的第一只独角兽。他的猎犬也恢复了精神，似乎刚刚的血液赋予了某种神奇的力量，让它们在回家的路上也兴致勃勃，雀跃着嬉闹着，就如同刚从犬舍中被放出来一样。

欧里昂在夜晚穿过丘陵，一直这样走着，直到眼前的山谷弥漫着艾尔国的硝烟，那是从他的一座灯塔里飘出来的。踏着熟悉的小路走下山坡，他将猎犬带回犬舍。在第一缕晨光触碰到山顶之前，他在后门吹响了号角。年迈的守门人为欧里昂打开大门，看到了欧里昂肩头摇晃着的独角兽的那只巨大兽角。

就是这只兽角多年后被教皇敬献给了弗朗西斯国王。这一事件被本韦努托·切利尼[①]记录在他的回忆录中，其中描绘了克莱门特教皇如何召见了他和另一个叫托比亚的人，命令他们为这只兽角设计一个前所未有的镶嵌架。欧里昂获得这一只独角兽的兽角时是那么的欣喜，因此在好几代人眼中兽角都被视为珍品。也许只在罗马这样见过太多市面的城池里，情况才有所改观，因为教皇一定是拥有许多这样珍奇的兽角，才能从中挑选出最好的作为礼物。但在这个故事所在的单纯古朴的年代

---

① 本韦努托·切利尼(Benvenuto Cellini，1500—1571)，意大利文艺复兴时期雕塑家。

里，兽角的稀有让人们都觉得独角兽就如同神话般的存在。兽角被当作礼物送给弗朗西斯国王是在 1530 年，它被镶嵌在一个黄金底座上，最终采用的设计来自托比亚，而非本韦努托·切利尼本人。之所以要在这里提到具体的年份，是因为有人觉得如果没有历史事实作为依托，没人会毫不在意这故事；更有甚者，历史上有些人更喜欢史实而不是哲学。如果我的故事有这样的读者，那他追随着欧里昂的命运看到这里，必然急切地渴望着一个日期或者史实的出现。既然需要有这样一个日期，那我就给出 1530 年。至于为什么要选择本韦努托·切利尼记录下的那个慷慨的礼物，那是因为谈到独角兽的时刻正是那位读者会觉得最为偏离历史，内心最为孤独的时刻，所以这个时刻他也最为渴望历史的出现。而这只兽角又是如何从艾尔国的城堡，经何人之手，最终辗转至罗马的，其中的故事又可再书一册了。

不过现在我需要接着讲下去的是，欧里昂带着整只独角兽的脑袋找到了索瑞尔。他把兽皮取了下来，清洗干净，又把头骨煮了好几个小时，然后用兽皮重新包裹住头骨，并在脖子那塞上了稻草。欧里昂把它放在了挂满兽首的大厅正中央。流言很快传遍了艾尔国，快得就像飞奔的独角兽，到处谈论着欧里昂获得的那只稀世兽角。于是艾尔的议会成员再次聚集在纳尔的铁匠铺里。他们围坐在桌子旁，讨论着这次流言以及索瑞尔之外已经见过那只兽首的人们。起先，碍于之前大家投票的结果，有些人还坚持认为这个世界上没有独角兽。他们喝着纳尔上乘的蜂蜜酒，对于这样东西的存在与否争论不休。但没过多

久，不知是索瑞尔的证据说服了他们，抑或是他们心底的宽爱征服了他们，这情感像一朵美丽动人的花从醇厚的蜂蜜酒中绽放开来。不管是出于什么原因，拒绝接受独角兽存在的争议慢慢黯淡消散了。最后投票后宣布欧里昂杀掉的确实是一只独角兽，那是他从我们未知的土地上狩猎捕获的。

他们兴高采烈地庆祝，因为长久以来的渴望、年轻时的憧憬终于实现，他们终于见证了魔法的存在。投票结束后，纳尔立刻端上来更多的蜂蜜酒，他们又喝了起来以纪念这令人欣喜的时刻。“为了欧里昂身上终于觉醒的魔力，干杯！为了艾尔国辉煌的未来，干杯！”他们这样说着。宽敞的房间，燃烧的蜡烛，和善的人们，蜂蜜酒带来的恬适，这些似乎让人更容易预想到未来的光景，去期待还有点遥远的荣耀。他们又说起了稍微离现在近一点的将来，那遥远的国度应该已经听说了，在这个他们热爱的山谷里发生了什么。他们还说着艾尔国，艾尔国的名声传遍了一个又一个城市。有人称赞了这里的城堡，有人称颂着这里高耸的山峦，又有人赞美了这片隐藏在人间的山谷，还有人赞颂这里的古老民族建造出来的精致古典的房子，以及连绵天际的森林。所有人都说因为欧里昂身上的魔法，世上人人都应该知道这个地方。因为他们知道这个世界对魔法十分敏感，也总是喜欢期待美好的东西，即便美好之物还在沉睡。他们大声地讨论着，赞颂着魔法，一再谈论着那只独角兽、艾尔国荣耀的未来等等。突然之间神父出现在门口，他穿着长长的白袍，袍子的下摆有淡紫色的装饰。神父站在门内，身后是一片黑夜；借着蜡烛的微光，他们看到他身上戴着一枚徽章，用一根金色的项链穿着戴在脖子上。纳尔向他致意表示欢迎。有人搬来了一把椅子放在桌前，而他已经听到了众人对独角兽的议论。他就站在那里，提高了音调，对着大家说，他就站在那里，提高了音调，对着大家说徽章，柔和的房间里一下子充满的了惊骇。有人大喊道："我们没有捕获独角兽。"

但神父还是举起了他的手，继续施着咒语：它们的兽角，它们居住的地方，它们作为食物的百合，都必须受到诅咒。诅咒所有关于它们的歌谣，诅咒人间以外所有与它们相关的事物。

神父停了下来，容许他们宣布与独角兽断绝关系，此刻他冷冷地站在门口，坚定地望着房间里。

而他们想到了独角兽充满光泽的兽皮、它灵敏的身姿、优雅的脖颈，以及当它在夜晚穿梭在艾尔国时，慢慢奔跑的柔美；他们还想到了它的健壮，厉害的兽角；他们想起了那些讲述独角兽的古老歌谣。他们不安地坐在那，沉默着，不愿意放弃。

神父知道他们心中所想，于是他再一次举起了手，在夜色的幕布前，在烛光中清晰地说道："它们奔跑的速度，它们富有光泽的白色兽皮都将被诅咒；诅咒它们的美丽，它们所拥有的魔法，以及在魔法的溪流旁行走的一切。"

但他还能看到，他们的眼睛里流露出来的不舍，即便这些东西都被他禁止。于是他没有停下来，他升高了自己的音量，眼睛盯着那些被惊扰的面孔，大声地继续说道："来到人间的矮人、精灵、小妖精以及仙子都要受到诅咒，诅咒空中的骏鹰和飞马，所有海底的人鱼部族。我们神圣的习俗将诅咒他们。一切怀疑、异常的梦境，奇幻的想象都将受到诅咒。魔法将是所有人类厌恶的东西。阿门。”

突然他转身消失在了夜色中。一阵风把门吹得来回摆动，而后就把门带上了。纳尔宽敞的铁匠铺还同几个月前一样，但这里美妙的气氛却变得沉闷及无聊。接着纳尔从桌子的那头站了起来，打破了沉静，说道：“我们要背弃我们许久以来的计划吗？要背弃我们对魔法的信念，放弃所有与魔法有关的东西，诅咒我们的邻居、领土以外的那些无辜的人们吗？还有所有天空中的美好，那些丧生在深海的水手和深居海底的爱人吗？”

“不！我们不要！”一些人回答道。于是他们继续大口地喝着蜂蜜酒，一个人站了起来高高地举起了斟满的酒杯，一个接着一个，直到所有人都围着烛光站了起来。“敬魔法！”一个人大声地高呼着。其他人一致跟随着他的呼喊，近乎嘶吼地喊道：“敬魔法！”

走在回家路上的神父听到了这高呼声，他将裹在身上那神圣的袍子收得更紧了，他紧紧地攥着他的圣器，嘴里念了句咒语，防范着薄雾里突如其来的恶魔和令人犹疑不定的东西。

Chapter 21

再度来到世界边缘

那天夜里欧里昂安顿好了他的猎犬。第二天，他早早地就起来了。清晨阳光明媚，他走到狗舍将兴奋的猎犬放了出来，带着猎犬走出山谷，走过宽阔的丘陵，再一次朝着暮光的边界走去。这一次他没有带弓，只拿了佩剑和鞭子。他已经爱上了那种和十五只猎犬一起捕获独角兽的乐趣，开始感受到每一只猎犬的兴奋劲儿——一箭中的不过就是自己一个人的快乐。

整整一天，他都行走在田野中，时不时地和田间地头的农人或者雇工们打着招呼。他们也向他友好地示意着，并祝福他此次狩猎一切顺利。夜幕降临，此刻他很快就要走到边界。人烟渐渐稀少，显而易见，他要去的地方从未有人去过，甚至人们连想都没想过。所以他一个人孤单地上路了，但却被内心的渴望激励着，享受着猎犬陪伴的乐趣。他和他的猎犬已全身心地投入了这次狩猎中。

他再一次到达了暮光边缘的屏障前。一排排的树篱从人类的疆土一直延伸到了屏障深处，它们在一片非人世所有的光彩的映衬下变得奇异而模糊，接着消匿于暮光之中。他和猎犬靠在其中的一排树篱前，树篱紧靠着屏障。那道光就在这排树篱上方。如果非要找一个人世间的事物来比拟，它就像是一片暗淡而朦胧的光，闪现在树篱上方，只在它碰触到彩虹时才会被看见横跨在田野上：天空中的彩虹清晰而明亮，在地上的尽头却总不轻易示人；但这神圣而奇异的光照射在树篱上，使树篱也为之改变。微光闪烁在人类疆土的最后的山楂树上。紧挨着的便是那道横亘的屏障，那里充满了四处游走的光，仿佛流动着的猫眼石，使得人类看不见，也听不到屏障另一边的世界。只有精灵的号角声时不时地传出来，但能听到的人也只占极少数。这时，号角吹响了，银质般的音符用魔法回声刺穿了屏障模糊的光芒和寂静，掩盖了其他声音，一直传到欧里昂的耳中，就像阳光穿越宇宙照亮了月球的沟壑。

号角声慢慢减弱，仙境之国再无任何声音传来，之后听到的都只是人类世界任何一个寻常夜晚中所有的声响。这声响即使变得越来越孱弱，也不见一只独角兽的踪影。

从远处传来一声狗吠，一辆马车独行在空荡荡的路上，疲惫地向家的方向驶去，有人在小巷里说话。之后，夜色中的寂静再没被打破，仿佛任何言语都会冒犯这片土地上的宁静。欧里昂凝望着边界，等待着独角兽出现，期望下一秒就能看见一只脚从暮光中踏出来，但它们不会再来了。这么做确实不够明智，因为两天前他就是在这里发现了五只独角兽。而独角兽是所有生物里最为小心谨慎的，它们守护着自身的美丽，防范着人类永不停止的觊觎，一刻也不会放松警惕，就这样栖居在远离我们的地方。只有在极少的夜晚，当万物寂静，独角兽才会带着高度的警觉来到我们的疆土。即便这样，它们也很少会离开边境。要想牵着猎犬在同一地点两天之内遇到这样的野兽，比欧里昂想象中更难实现，更何况他曾在这里猎杀了其中一员。可欧里昂的心中装满了狩猎成功后的满足感，这种心情诱惑着他重返此地。现在他紧盯着边界，等待着这些不可思议的生物迈着高傲的步伐穿越屏障，希冀着它们巨大的身影从模糊的暮光中出现。然而独角兽并没有来。

神秘的界线诱惑着他，他久久地凝视，思绪也随着流动的光线漫无边际地游走着。他想登上精灵王国的山峰。那些居住在边界附近田野中的人们知道那样的光会引诱他们，所以他们明智地不去看那些散发着异样光芒的色彩，尽管这光就在他们的房屋背后不远处。这样的美在人类的疆土上无处可寻。在那些农民还很年轻的时候，就有人告诉他们：如果一直凝望着边界的色彩，他们之后在这片田野中就再也得不到快乐；美丽的田野，棕色的垄沟，滚动的麦浪乃至其他任何属于人类的东西都勾不起他们的兴趣；他们的心会始终牵挂着遥远的精灵世界，向往着那些未被人类所熟知的山川和那些未被神父庇佑的族类。

欧里昂就那样站着，人类世界的夜晚在边界神奇的暮光映照下逐渐黯淡。记忆中那些与大地相关的事物迅速地被抽离，突然之间，他整个脑子就只想着精灵的世界了。他能够想起来在人类土地上走过的人就只有他的母亲了。摇曳的暮光似乎在告诉他，他的母亲拥有魔法的力量，而他有着魔法的血统。尽管没有人告诉他，但他现在终于明白了。多年来，在数不清的夜晚他一直都在想自己的母亲去了哪里，孤独而又沉默。没有人知道他在想些什么，而此刻答案似乎就悬在空中，他的母亲好像就在这道分隔了人世与精灵国度的神秘暮光之后。他往前走了三步，来到了边界前。他所在的地方是人类能抵达的最远处，他把脸靠在这团迷雾似的边界上，那珍珠般柔和的光芒仿佛在舞蹈。一只猎犬在他走动的时候晃了晃身子，所有猎犬都转头望向他。他停了下来，猎犬们也停止不动了。他想要看穿这道屏障，可除了四处游走的光线，他什么也看不到。千万个日子里那些暮色的光芒凝聚在一起，被施以魔法，筑成了如今的这道屏障。

隔着那巨大的罅隙，那是为数不多的由魔法筑成的边界，他呼唤起了自己的母亲。这一边是人间，人类栖居的地方，时间由分钟、小时、年份来计算。另一边是精灵王国，却有着另一种计时方式。他喊两次就停下来听，然后再接着喊，但并没有呼喊或低语声从精灵国度传来。他这才了解，横亘在自己与母亲之间的巨大鸿沟那么遥远、黑暗，难以跨越。就好像这道屏障将我们的时间与过往分离，横跨在我们的生活与梦境之间，也将人类的劳作与歌声中的英雄事迹，那些生与死，永远地分隔开来。屏障上的光芒闪烁着，跳跃着，似乎像这样虚无缥缈的东西是无法把逝去的过往与那些我们称之为现在却又止不住流逝的时间分离开来的。

他站在那，身后是人间渐渐消散的呼喊以及柔和的暮光，眼前是精灵王国无尽的沉寂。阻隔一切声响的屏障闪烁着微光，散发出一种奇异的美。现在他已忘却了尘世间的所有，只是盯着这道暮光筑成的围墙，像篡改了禁断箴言的先知们一直凝视着模糊的水晶球一样。暮光之界闪烁的微光吸引着欧里昂身上流淌的精灵之血，召唤着他从母亲身上获得的魔法。因着他从母亲那儿继承的魔法，他有了一些模糊的想法。他想到了母亲孤单无忧地生活在时间的彼端，想到了精灵王国的辉煌与荣耀。他已然忽略了身后人间夜晚传来的声响，对此充耳不闻。他也渐渐忘了人类的需要，人类的计划安排，那些他们辛苦劳作并梦寐以求的东西，那些凭借毅力才能收获的东西。在这闪耀的边界旁，他有了一种全新的想法，自己的血液里流淌着魔力，他渴望立刻摆脱时间的束缚，离开被时间左右的地方，远离时间的独裁，他想把这些通通都抛开，恨不得五步之内就跨越这藩篱，马上去向那永恒的国度，登上那神秘的王座，和他的母亲还有外公一起坐在那只有在歌声中才能窥探一二的辉煌宫殿。艾尔国已不再是他的家乡，他也不再遵循人类的做法，对他来说脚下的这块土地已不再适合他了。现在精灵山的巅峰就好像夜晚人类屋檐下的稻草欢迎着他的到来。对欧里昂来说，那美妙而神奇的疆域才是他的家。连暮光之界看久了也让他兴奋不已，他觉得人世间的夜晚根本无法与之媲美。

有一些人看久了仍会看向别处，但这对欧里昂来说却不太容易。因为虽说魔法能让尘世的事物慢慢地陷入这道光中无法自拔，但是对欧里昂而言，这是藏匿在他血液中的魔法在和精

灵国度屏障中的魔法闪耀呼应。平常游走在空气中难以见到的光，风暴中令大地为之一惊的最耀眼的闪电，流淌的小溪泛起的薄雾，月光下的花朵折射出的辉华，彩虹之端的蕴藏的美丽与魔力，还有深受长者们珍惜的暮色降临时的余晖，这些种种一同筑成了这道屏障。

在这情迷沉醉之中，他踏出了脚步，即将放弃世俗。一只脚刚碰到那道暮光的时候，一只坐在他身后的猎犬稍稍伸展了一下身子，它停下追逐，休息得太久了，它发出一丝不耐烦的哼声，就好像人类打哈欠那样。欧里昂条件反射似的回转了头，他看了看猎犬，走上前摸了摸它的脑袋，似乎在和它道别。但所有的猎犬随后全都围了上来，用鼻子蹭着他的手，望着他的脸。虽然前一刻欧里昂的思绪还飘荡在精灵王国神奇的国土和迷人的精灵山巅，但当他发觉自己站在猎犬中间时，他却猛地感受到了那一半尘世血统的牵绊。这不是因为他更喜欢打猎，而不想和他的母亲待在免受时间侵扰，比歌谣里传唱得还要美好的地方；也不是因为他太爱那些猎犬而不舍离去。而是因为他的祖先世代都在这片土地上追逐，就好像他母亲那边的血亲永远追随魔法。当他看着那些有魔力的东西时，魔法的召唤异常强烈。但古老的人类血缘也同样强烈地呼唤着他回到世代追逐狩猎的轨迹。美丽的暮光之界唤醒了他对精灵国度的渴望，但随后他的猎犬又让他想要回心转意。任何人都难以抵挡永恒的诱惑。

有那么一会儿，欧里昂站在猎犬中间，思索着。他试着比较两片土地——到底是惬意慵懒地生活在宁静的草地，还是选

择踏实地耕作；是精灵王国数不尽的荣耀分量重，还是尘世里起伏的牧场和篱笆更吸引人。然而猎犬们围绕着他，蹭嗅着、呜咽着，望着他的眼睛，向他倾诉着，好像它们的尾巴、爪子和那些棕色的大眼睛都在说着“走啦！走啦！”如此一来，他完全无法细细地思考，他无法抉择，但猎犬们有它们的想法。欧里昂和它们一起离开了，朝着家的方向走去。

Chapter 22

欧里昂觅猎犬管家

冬天渐渐过去，欧里昂和他的猎犬又去了好几次那美妙绝伦的边界。夕阳西下，他们就在边界附近等着。有时他们会看到独角兽熟练地从边界那端悄无声息地穿过来，田野静谧时，它们巨大而又美丽的白色身影便又出现了。但他再也没有将兽角带回过艾尔国的城堡，也再没有于人类的疆土上捕获过独角兽。因为那些独角兽只是稍微跨过界线几步，欧里昂没法再切断它们的后路。有次他又尝试了一下，却险些失去了所有的猎犬。当时有几只猎犬已经进入到了边界另一端，他用鞭子抽打着这些猎犬才得以让它们返回。如果它们再往前走上几英尺，他的号角都无法再唤回它们。这一次经历让他明白，虽然他有着训练猎犬的能力，即便其中可能还有魔力的因素，如若没有他人的帮助，仅凭一己之力他没有办法在离边界这么近的地方狩猎。因为它们一旦走失，便再也无法返回。

自那以后，欧里昂会在傍晚时分看着年轻的小伙子们嬉戏玩耍。他锁定了三个目标，他们在速度和力量方面超越了其他人。其中两个是他选中的猎犬管家。游戏结束，他便去了其中一家人的小屋。屋里的灯刚刚点亮，这家的小伙子身材高大、四肢敏捷。家中的父亲打开门让欧里昂进来，坐在桌子旁的小伙和母亲都站了起来。欧里昂很高兴地问那小伙子是否愿意成为他的猎犬管家，持鞭防止猎犬走失。突然大家都沉默了，欧里昂带着猎犬出入人类未知领土并捕获奇怪野兽的事情大家都知道。少年非常害怕，而他的父母也极不乐意。最后各种借口和低声的抱怨打破了屋里的沉寂。欧里昂看那少年不愿意便去找另外一家人。同样地，屋子里的蜡烛也点亮了，桌子也刚刚铺好。两个老妇人和那个少年正一起吃着晚饭。欧里昂告诉他们自己是多么需要一个猎犬管家，恳请少年跟随他。而这家人的恐惧更为明显。两个老妇人同时哭喊着孩子还太小了，跑得也没以前快了，这样光荣的任务做不来，猎犬也不会信任他。她们越说越激动，到后来话都说得断断续续的。欧里昂便离开这里前往第三户人家。可他依旧碰壁而归。老人们都期盼着艾尔国能有魔法，可稍微一接触，哪怕只是有一丝想法，他们便惊慌失措。没有人愿意让自己的孩子去陌生的地方，也没人愿意让孩子接触那些传言中的事物，它们就像巨大而邪恶的阴影笼罩在艾尔国。欧里昂只好自己一个人带着猎犬从山谷出发，一路向东，走向那些人类不敢前往的地方。

一转眼到了三月的下旬。清晨，欧里昂还在塔里睡觉。他突然听到一个刺耳清亮的声音从塔底传来。他的孔雀开始叫唤，

羊群的咩咩声也从丘陵远处传来，公鸡开始聒噪地打鸣，这就是充满阳光的春日赞歌吧。他起床去看猎犬。没过多久，劳作的人们就看见他带着猎犬去向山谷陡峭的另一边，就好像绿莹莹的草地上打上了一块块棕色的补丁。他穿过那些我们知晓的土地，在太阳落山之前赶到了人类不会驻足的疆域。向西望去，人们的房屋散落在肥沃的黑土地上；往东则能看见暮光边界后面起伏的精灵山峰。

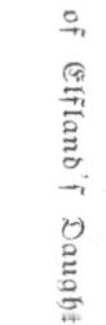

他和猎犬沿着最后一道栅栏一直走到了边界。一到那他就看见一只狐狸从那道将人类世界与精灵王国分隔的暮光屏障里偷偷地跑了出来。它在人类的领土上跑了几步后又悄悄地溜了回去。看到这景象时欧里昂并没有多想，因为狐狸本来就是用这种方式穿梭在人类世界和精灵王国之间的，它肯定也是这样带回了一些我们从不知道的东西。但很快，这只狐狸又以同样的方式来回跑了一趟。欧里昂观察着这只狐狸。就在这时，狐狸跑了出来，接着又躲躲闪闪退回到了暮光边界里。猎犬也看到了，但却没有一点要扑上去的意思，那是因为它们已经尝过了最奇妙的血液。

欧里昂向狐狸出没的地方走去。狐狸来来回回的次数越多，他就越好奇。猎犬慢慢地跟在他身后，可没过多久就对狐狸的行为失去了兴趣。这一切很快都得到了解释。乐乐乐突然从暮光之中跳了出来，出现在人类的田野上。狐狸是在和这个矮人玩耍呢。

“有个人啊”，乐乐乐大声地用矮人语说道，不知道是在自言自语还是在和他的狐狸小伙伴聊天。欧里昂突然想起来这个矮人曾经在他小时候去过他的婴儿房，变着那些时间的小把戏，还在柜子上跳来跳去——这让担心陶器被打破的辛萝黛尔气得跳脚。

“你就是那个矮人！”他用矮人语回应道。小时候他的母亲会用矮人语轻轻地在他耳边讲矮人的故事，哼唱他们那些古老的歌谣，所以他也明白些矮人的语言。

乐乐乐说：“你是谁？你怎么会说矮人语？”

欧里昂告诉了矮人他的名字，乐乐乐却一点印象都没有。矮人蹲了下来，仔细地回想着。那些细碎的记忆逃脱了人类所存在的时间的摧残，也逃过了精灵国度近乎冷漠的永恒岁月。终于他找到了在艾尔国的那些记忆。他又看了眼欧里昂，思索着。就在此时，欧里昂将他母亲那庄严的名字告诉了矮人。乐乐乐当即就行了一个大礼，这种大礼被精灵国的矮人们称为臣服的五点之礼。这样的礼数意味着双膝跪地，屈身，双手和前额贴地。接着乐乐乐一个高跳弹了起来，跃向空中，因为他骨子里的崇敬之情只能持续那么一小会儿。

“你到人类的领地来干什么？”欧里昂问道。

“玩啊！”乐乐乐说。

“那你在精灵国做什么？”

“观看时间啊。”乐乐乐说。

“你可别逗我了。”欧里昂说。

“你又没干过这事儿，在人类的世界可看不了时间。”

“为什么呢？”欧里昂问。

“时间走得太快了。”

欧里昂沉思了一会儿，还是没想明白，因为他从来没有离开过人类的世界，他只知道时间的一种节奏，没法对比。

“自从上次我们在艾尔见过面后，你们那过去了多少年呀？”

“什么多少年？”

“一百年？”小矮人猜道。

“大概有十二年，你们呢？”

“还在今天呢。”矮人说道。

欧里昂不愿再谈论与时间有关的话题了，因为对这个话题，他知道的还不如一个普通的矮人多。

“你愿意手持皮鞭，和我的猎犬一起在人类领土上奔跑，追捕独角兽吗？”

乐乐乐略带探究地看了看猎犬，盯着它们棕色的眼睛。猎犬们也将它们充满怀疑的鼻子转向矮人，盘查似的嗅了嗅。“它们是狗啊。”矮人说，好像是在反对它们一样，“但它们有着愉快的想法。”

“你到时候可以带上鞭子，管着它们。”

“嗯，好的，好的。”

欧里昂当场就把自己的鞭子给了矮人，吹响了号角，离开了暮光的边界。他告诉乐乐乐他要把猎犬都控制在一起，带领它们。

猎犬们一看到矮人就不大痛快，一直嗅来嗅去，它们还是没法把他看作人类，也不乐意服从一个看起来比它们大不了多少的东西。它们好奇地凑到矮人跟前，却又马上很嫌弃地抛开，不听从指挥，四处散开。聪明的矮人可没那么容易就这样被打败，他猛地扬起鞭子，这鞭子握在他的小手上看起来有平常的三倍大。鞭子挥舞过去，甩到了最远那只猎犬的鼻尖儿上。它哀号了一声，震惊地看着他，其他猎犬也都惴惴不安地静了下来，它们肯定以为这只是个意外。但是紧接着又有一鞭子打到了另一只猎犬的鼻尖，它们这下终于意识到那些刺痛的鞭打并不是什么偶然，而是精确瞄准，准确无误的出击。从那一刻起，它们便开始对乐乐乐心生敬畏，虽然他闻起来并不像人类。

欧里昂和他的猎犬在傍晚时分回家了。经过狼群出没的荒岭，没有哪个猎犬管家能够像乐乐乐那样把猎犬聚集得更紧密，护得更安全了。矮人一会出现在狗群两侧，一会跟在它们身后。不管掉队的猎犬往哪个方向，他都能跳过狗群将猎犬赶回来。欧里昂离开边界，走了大概一百来步，远处淡蓝色的精灵山峰也渐渐从视野中淡出。这时人间夜色已然降临，笼罩在闪现着光芒的精灵山巅，并深深地席卷过人间世界。他们朝着家的方向走着，很快头顶就出现了大量人间才能看得到的星星，多得令人惊讶。乐乐乐时不时抬起头看着天上的星星，惊叹不已，就像我们都曾经历过的那样。但大多数时候，他都能将注意力集中在猎犬的身上。既然现在来到了人类的世界，他当然要把主要的精力放在人间的事物上。没有哪只猎犬敢闲散徘徊，因为一旦松懈，乐乐乐的鞭子就会挥过来。啪的一声，也许在鞭子的尾巴上还会扬起皮毛或鞭绳上的灰尘。被打到的猎犬会嚎叫一声然后跑进狗群，这时其他的猎犬就知道迷途的猎犬归队了。

如此干脆自信的瞄准，如此潇洒的挥鞭技巧，只有将毕生的心血都投入到去做猎犬的执鞭人才能做到，也许需要二十年的锻炼才能够达到这样的境界。而有时，这是靠家族遗传得到的，比通过年复一年的训练而得来的要好上许多。但不论是日积月累的练习，还是血液中遗传下来优良基因都比不上一样东西，那就是魔法。如眨眼般神速的鞭子，仿佛人的目光，看向哪里就会挥向何处，这不是人类能做到的。虽然路人觉得这挥鞭看上去和人间其他猎人的差不多，但猎犬却清楚地知道，这可不像看起来那么简单。

当黎明的曙光照耀在艾尔的村庄，田野上燃起袅袅炊烟，欧里昂和他的猎犬还有他的猎犬管家才从山谷的另一边赶回来。从街上走过时，清早推开的窗户仿佛都在冲他眨眼。空荡荡的狗舍很安静，并且透着一丝寒气，猎犬全都蜷缩在稻草堆里。他给乐乐乐也找了个地方，那是个废弃的阁楼，堆了麻布袋子和稻草，阁楼边上有一些迷途的鸽子在房梁上搭了窝。欧里昂就把乐乐乐安顿在那，回到了自己的塔里。他饥寒交迫，睡意连连，要是那晚找到了独角兽他倒也不会像现在这样疲倦了，就是在边界处发现了那个矮人，那唠叨没停的声音让一整晚的小心守候都功亏一篑。欧里昂睡着了，但矮人却在破旧的阁楼里，久久地坐在稻草堆上，观察着这里时间的变化。他从屋顶的缝隙看到天上的星星闪过，看到它们变得暗淡；他还看到另一种光照射开来，那是太阳升起时的壮观；鸽子们一直咕咕地叫个不停，让他觉得阁楼阴暗忧郁，他看到了它们浮躁的生活方式；他听见野生的鸟儿在附近的榆树上扑腾着翅膀，听见早晨的人们、马儿、货车，还有奶牛外出的声音。随着清晨的来临，所有的东西都在变化。这是个充满了变化的国度。阁楼的木板在慢慢地腐烂，石臼的外围生长着苔藓，砍下来的木头也慢慢地在腐朽。它们好像都在讲述着同一个故事。万物都在改变，没有什么是永恒的。他想起了精灵王国亘古不变的宁静之美，想起了他离开的矮人部落，不知道他们会怎么看待人间事物的运转。乐乐乐突然放声大笑起来，连鸽子们都被吓坏了。

Chapter 23

乐乐乐的人间见闻

这一天已经慢慢过去，但欧里昂还沉沉地睡着，猎犬也还静静地躺在狗舍里。阁楼下面行人和马车来来往往，但这一切都和矮人毫无关联，他渐渐感到了孤独。棕色的矮人们群居在森林深处的山谷里，在那里没有人会感到孤单。他们有时就静静地坐着，沉浸在精灵国度的美好里或者是自己天马行空的想象中。也有极少的时候，他们排山倒海般的笑声也会打破整个精灵国度与生俱来的宁静，使整个山谷都沉浸在一片欢声笑语里。在山谷里，他们就和兔子一样感受不到什么叫寂寞。可人间的田野上，只有一个矮人，他觉得很孤独。关着鸽子的阁楼和堆放稻草的阁楼隔了约莫十英尺远。前者的门开着，且略高，大概高出六英尺。干草棚旁边立着一架梯子，用铁丝固定在墙上。而养着鸽子的阁楼那却没有任何连接外部的通道，好似唯恐猫爬了进去。从阁楼里传来那群富有生命力的小东西的低声细语，吸引着这个孤单的矮人。从这扇门跳到另一扇门对他来说简直就是小菜一碟，他很轻松地就跳到了鸽子的阁楼，神色自如，似乎受邀而来，可鸽子们却扑腾着翅膀齐刷刷地从窗户飞了出去。矮人还是孤单一人。

他一看到这个阁楼便喜欢上了这里。他喜欢这里闹腾腾的生命迹象，阁楼上有百来个石板灰泥砌好的小屋子，许多羽毛散落在地上，整个阁楼散发着一股陈旧发霉的气味。这阁楼年代久远，仿佛陷入了沉睡，可他就是喜欢这里头的放松惬意，喜欢角落里覆盖着巨大的蜘蛛网，黏满了年复一年积淀的灰尘。他以前从来不知道什么是蜘蛛网，也从没在精灵国度看到过。他很欣赏蜘蛛们的手艺。时间让阁楼的角落布满了蜘蛛网，斑驳了墙壁，露出了里面粗糙的红色砖头。屋顶上的瓦片也脱落了，板条露了出来，让这里多了几分精灵国度般的宁静。风从屋顶的缝隙吹进来，感觉就好像回到了精灵国度的宁静里。但是阁楼下面还有四周的景象让乐乐乐注意到了人类世界的躁动不安。甚至，从狭小的通风口里透射进来的阳光也在墙上移动着。

鸽子扑腾着翅膀回家了，停在矮人头顶的石板屋顶上，踩得哒哒作响，却没有进来。他看见屋顶的影子投落在他下方的另一处屋顶上，鸽子们晃动不安的影子也落在了屋顶影子的边缘处。他发现较矮的屋顶上长出来的苔藓因为时间久远已经变成了灰色，也有一些新长的黄色苔藓散布在这一片片不规则的灰色里。他听见一只鸭子慢悠悠地叫了六七声；他还听见一个人走进楼下的马厩牵走了一匹马；一条猎犬醒了过来，汪汪地

吼叫着；一些乌鸦好像受到了惊扰，从塔里飞向天空，一边发出聒噪的声音。天空中大朵大朵的白云沿着远处的山峦匆匆飘移着。附近一棵大树上传来一声鸽子的叫喊。一些人从楼下经过并交谈着。这一切都令他震惊不已。上次来艾尔国的时候他可没这闲工夫去体会这些。他看到灰黄相间的苔藓上投落的阴影移动了一点，他才注意到这里房屋的影子都是会移动的。永恒的移动和永恒的改变！他惊奇地对比着精灵国度和艾尔国，家乡的生活永远宁静没有波澜，时间走得甚至比房屋投影移动的速度还要慢。只有当每一寸光阴里包含的内容被精灵国的每一个生物所知晓，时间才会缓缓地过去。

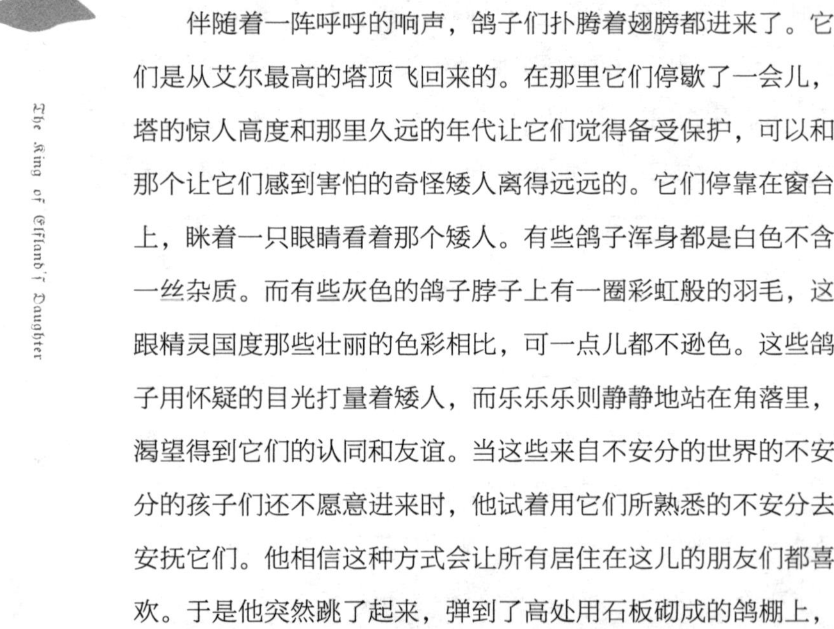

伴随着一阵呼呼的响声，鸽子们扑腾着翅膀都进来了。它们是从艾尔最高的塔顶飞回来的。在那里它们停歇了一会儿，塔的惊人高度和那里久远的年代让它们觉得备受保护，可以和那个让它们感到害怕的奇怪矮人离得远远的。它们停靠在窗台上，眯着一只眼睛看着那个矮人。有些鸽子浑身都是白色不含一丝杂质。而有些灰色的鸽子脖子上有一圈彩虹般的羽毛，这跟精灵国度那些壮丽的色彩相比，可一点儿都不逊色。这些鸽子用怀疑的目光打量着矮人，而乐乐乐则静静地站在角落里，渴望得到它们的认同和友谊。当这些来自不安分的世界的不安分的孩子们还不愿意进来时，他试着用它们所熟悉的不安分去安抚它们。他相信这种方式会让所有居住在这儿的朋友们都喜欢。于是他突然跳了起来，弹到了高处用石板砌成的鸽棚上，然后又急速地跳到对面的墙上，最后回到了阁楼的地板上。可又是一阵翅膀扑腾的声音，所有的鸽子都飞走了。慢慢地他才

意识到鸽子还是喜欢安静多一些。

很快它们又扑棱扑棱地飞回了屋顶，脚哒哒地敲打着屋顶的瓦片。不过没有多久，它们就回到了自己的家。孤独的矮人在它们的窗户外面观察着人间的生活方式。他看见一只水鹡鸰站在下面那层的屋顶上，就这样一直盯着直到那只鸟飞走。接着两只麻雀飞过来啄食掉落在地面上的玉米粒。每一种生物对矮人来说都是新奇的。他紧紧地盯着麻雀的一举一动，那兴致就如同我们看到一只完全不认识的鸟儿一样。麻雀飞走后，鸭子开始呱呱呱地叫了起来。乐乐乐十分认真地想要弄明白它们在说些什么，十分钟过后，他就放弃了，因为又有新鲜的东西吸引了他，他觉得那些东西好像很重要。乌鸦又叫嚷着飞了过去，它们的声音听起来有点轻佻，乐乐乐就没管它们。他一直听着楼上鸽子的低声细语，却没想着要听懂它们所说的话。他很满意鸽子讲话的方式，就好像在讲述着生命的故事。一切都很美好。听着鸽子们的低声细语，他觉得人间的时间好像过去了很久。

屋子旁的大树都长了起来，除了常青的橡树，一些月桂，松树还有紫杉，其他的树都光秃秃的。藤蔓缠绕着树干向上攀缘着。山毛榉的嫩芽就快舒展开来了。阳光闪烁着，照在嫩芽和树叶上，常青藤和月桂树闪闪发亮。微风拂过，附近烟囱冒出来的烟随风摇曳着。乐乐乐看见远处一道石头筑成的巨大灰墙围起了一个花园，在阳光里静静地沉睡着。他看见一只蝴蝶慢悠悠地飞着，飞到花园时却猛地扑了下去。两只孔雀缓缓走过。树顶的阴影让闪闪发光的大树底下更加灰暗。他听见某个

地方传来公鸡打鸣和狗吠的声音。一阵急雨突然落了下来，打在屋顶上，一下子所有的鸽子都愿意进来了。它们落在窗户外面，斜着眼盯着眼前的矮人。乐乐乐一动也不动。尽管它们都知道他肯定不是它们的同类，但也能确定他不是猫那一类的生物。过了一会儿，鸽子们回到了它们的小房子里，又开始谈论着它们那古老的故事。乐乐乐很想和鸽子们分享矮人的传奇故事还有精灵国度珍藏的传说。但他发现它们听不懂矮人语，于是他就坐在那里，一直听它们诉说着，最后他觉得它们这样是想平息人世间的躁动不安。

他觉得这些鸽子肯定会某种催眠的魔法来对抗时间，这样一来时间就不会弄坏它们的鸟窝。他这时还不太清楚时间的力量，也不知道在人间有没有什么东西可以与时间抗衡。这些鸽巢其实是垒在旧鸟巢的废墟之上的，下面是一层时间留下来的紧实的坍圮物，而外面的地基其实也是山峦滚落的石头堆砌而成。如此一层接一层无止境的废墟对矮人来说实在很难理解，因为在他的世界里只有精灵国度的宁静，而且此刻他还有别的小心思。瞧见鸽子摆出的友好姿态，矮人跳回到自己的稻草阁楼。为了让自己更舒服点，他抱了一堆稻草放在角落。鸽子看到这一切，对他的态度和看法来了个大转弯。它们奇怪地扯动着脖子，但最后它们决定就把矮人当作一个借宿的路人。矮人蜷缩在稻草堆里，尽管听不懂，他还是细细地聆听着鸽子们的细语，他觉得那就是人间的历史传说。

一天下来，矮人的肚子开始咕咕地叫了。这天过得比在精灵国度可要快多了。在矮人国边界的森林里生长着一种会结浆果的树，以前他饿肚子的时候只要抬起手就可以摘到树上垂下来的浆果。虽然他们很少会饿肚子，但只要矮人们饿了就会去找这种果子，所以这种奇特的果子就叫矮人果。他立刻从鸽子的阁楼上跳了出去，一路蹦蹦跳跳四处寻找矮人果。可这里根本就没有这种果实，因为在这里只有一个季节才能找到浆果，时间在这里耍了一个小把戏。人间的浆果居然要消失一段时间，这实在令人惊骇，矮人无法理解。矮人穿梭在农场间，这时他看见一只耗子弓着身子缓慢地爬过一间阴暗的棚屋。尽管他听不懂耗子在说些什么，但奇特的是当两个人在找寻相同的东西，他们一见到对方就知道各自要找的是什么。一般而言，我们会对别人的事情坐视不管，但是当看见有人也在做着和自己相同的事情，不用说我们也能莫名其妙地知道他们在做些什么。乐乐乐一看到那只耗子，就好像知道它也是在寻找食物。于是他偷偷地跟在那只耗子的后面。很快，那只耗子就找到了一袋燕麦，打开那袋子对它来说就是小菜一碟，不一会儿它就吃上了燕麦。

“好吃吗？”矮人用矮人语问道。

耗子疑惑地看着他，这家伙长得不像人，也不像狗。但不管怎样，小耗子并不太满意，它看了矮人一眼，静静地转身跑出去了。乐乐乐吃上了燕麦，觉得它们味道还不错。

吃饱了以后，矮人回到了鸽子的阁楼，在那坐了好一会儿，一直盯着窗户外看时间在这个地方新鲜而又奇怪地变化着。大树的影子渐渐拉长，月桂树上闪烁的光芒慢慢地消失，藤蔓和橡树上的光从银色变成了淡淡的金色。影子还在拉长，这是个充满着变化的世界。

一位老人，长着一小撮长长的白胡子，慢慢地朝狗舍走来。他打开门走了进去，把他从小屋里带来的肉喂给猎犬。猎犬们兴奋地号叫着。不久之后，老人又出去了。他缓慢的离开让矮人又见识到了人间的不停息。

随后一个人牵着马，慢慢地来到阁楼底下的马厩，然后又离开了。马儿在马厩里安心地吃着稻草。夜色的阴影渐渐爬上了墙头，屋顶还有大树。只有树尖还有高高的塔顶还残留着一丝光亮。山毛榉高高的树枝上，那些红润的嫩芽现在看起来就像是暗淡的红宝石。淡蓝的天空下，一切的景象看起来是那么的平静祥和，一朵朵云飘在空中，慢慢变成了火焰般的橘色。一群白嘴鸦穿过云朵，朝着山谷树丛里的家飞去。可在矮人看来，这发霉的阁楼，长年累月散落在四处的羽毛，一群一群飞过天空的白嘴鸦，马儿咀嚼稻草的沉闷声音，人们回家时轻快的脚步声，门打开又合上的声音，这一切好像都在证明我们所了解的世界里，没有什么东西是永恒不变的。慵懒的村庄在艾尔的山谷里渐渐入睡，人们不知道还有其他的地方，也不知道那些地方发生的故事。但对单纯的矮人而言，这个地方仿佛就是世间所有不安分汇集的漩涡。

现在最高处的阳光也消失了，月光渐渐洒落在阁楼上。从乐乐乐的窗子往外望去，月光将大地晕染上了又一种新奇的色彩。这一切变化都让矮人不知所措，于是他想要回到精灵国度，可是想要让其他的矮人刮目相看的念头又闪现出来。于是他从阁楼跳了下来，跑去找欧里昂了。

Chapter 24

矮人讲述人间故事

矮人在城堡里找到欧里昂，将自己的计划全盘托出。简单来说，就是要给这群猎犬多找几个管家。因为到了暮光边境，想靠一人之力管住每条猎犬，不让它们走丢还是有点困难的。就那么几英尺的距离，要是走进去可能就回不来了。在边界里迷失游荡半个小时，即便回来了，它们也会精疲力竭，狼狈不堪。乐乐乐说，每条猎犬都该有一个专属的矮人管家，狩猎的时候跟着它，饿了脏了的时候照顾它。欧里昂一听就觉得这里头的好处无与伦比。于是，他马上嘱咐乐乐乐去寻找更多的矮人。猎犬跟母狗们分开住在两个屋子里。当猎犬还在狗舍熟睡时，矮人已经急匆匆地掠过田野，向着夜色中摇曳颤抖的暮光边界，精灵国度的方向跑去了。

他经过了一间白色的农舍，窗子透出的黄色微光照在墙上，晕染了一圈淡蓝色的月光。两只狗朝他狂吠，冲出来要追赶他。

要是在别的什么时候，这家伙肯定会捉弄并且嘲笑它们一番，但今天，他一门心思都扑在了他的任务上。他对它们就像对九月风中的蓟绒一样，根本没有功夫搭理，他继续在草尖上跳跃着。追赶他的狗被甩得老远，喘息着。

黎明未至，星光还未淡去之前，他已到达了那道将人间世界与他所属的世界分开的屏障前。他往前一跳，穿过屏障，四肢着地从人类世界的夜晚来到了他的诞生之地，精灵国度永恒的白昼之中。他穿过美得无与伦比的浓雾，这美丽足以令人间日出时的湖水相形见绌，让一切色彩都黯然失色。他一路蹦蹦跳跳，肚子里装了无数会让同伴们震惊不已的消息。他来到沼泽，这里是矮人世代居住的地方。他发出吱吱的声音召唤着他的矮人同伴。他又跑进森林发出同样的召唤声，因为森林里也有矮人，他们居住在巨大的树干里。生活在沼泽和森林里的矮人分属于两个部落，但相互之间关系友好，属于亲系。很快，森林深处传来花朵摩擦的沙沙声，好像四面的风在呼呼作响。声音越来越大，矮人们出现了，他们一个接一个地坐在乐乐乐周围。可摩擦声并没有停下，四周仍然嗦嗦作响，整个森林都被惊扰了。棕矮人集体出动，围坐在乐乐乐身旁。他们从缠绕着浓密藤蔓的树干的空洞钻出，一路跌跌撞撞。还有些来自远处沼泽上的“苟马客”，这奇怪的住所是精灵国度独有的，它没有人间的名字，就是块灰色布料一样的东西从树顶上挂下来，像极了一顶大帐篷。天渐渐暗了下来，但大树的树梢上，还有仙人掌的硬刺尖头上却泛着点点荧光。大树参天直上，比人间最老最老的松树还要高上不知道多少倍。而那些仙人掌也是我

们人类世界无法想象的样子。当所有的棕矮人都聚集在这里时，整个森林的地面看上去，就像我们的世界走失的秋天来到了精灵国度。当声响渐渐平息，这里又和几千年前一样，寂静无语。乐乐乐开始向他们讲述时间的故事。

在精灵国度这些故事闻所未闻。虽然矮人们曾经去过人类的世界，他们回来后也都会略有所思，但不同的是，乐乐乐曾住在艾尔国的村庄里，生活在人群中。正如他向矮人们所说的，时间在村庄中流逝的速度可比在人间田野上快得多。他诉说着光是如何流转和他见过的阴影，诉说着人类世界的空气是怎样一种白色，明亮而又暗淡。还有那么一小会儿人间和精灵国度有多么相似，那时光线柔和，色彩初现，可就在想起家乡那么一眨眼的工夫，那样的光线与色彩就一闪而过消失不见了。他说着星星、奶牛、山羊和月亮，还有头上长着三个犄角，让他啧啧称奇的生物。尽管我们也曾经有过第一次看到那种景象的时候，他的发现比我们印象中的要多得多。我们所知世界的运行方式使他惊奇不已，他由此编织出许多故事讲给同伴听，让那些满是好奇心的矮人静静地坐在森林的草地上，就像十月霜打过的棕色落叶。他们第一次听说有烟囱和马车这样的东西，当听到风车时，他们全都激动得不得了。矮人们听着人类的生活方式出了神，就像被施了咒语一般。当乐乐乐讲到帽子的故事时，森林里就时不时地传来一阵阵欢笑声。

之后他跟矮人们说他们真应该看看帽子呀，铁锹啊，还有狗舍，从屋子的窗户向外看看风车是什么样。这一切都唤起了森林里棕色矮人们的好奇心，他们本身就是独具探索精神的种

族。乐乐乐可没有就此打住，他可不想仅仅依靠着他们的好奇心就带他们离开精灵国度。他还想用另外一种情怀引领他们去向人类的世界。于是他开始说起了那些骄傲，矜持高贵而又光芒四射的独角兽，那些家伙对待矮人就像水牛去池塘喝水却从不愿和里面的青蛙打交道一样。所有的矮人们都知道独角兽会在什么地方出没，他们应该把这些都告诉人类，然后领着猎犬去追捕那些独角兽。不管他们对犬类的了解是多么微乎其微，但就像我说的那样，宇宙中所有奔跑的生物对犬类都有一种天生的畏惧感。一想到独角兽要被几条狗追来赶去，矮人们顿时哄堂大笑。如此一来，乐乐乐利用了矮人的好奇心还有他们的愤懑，把他们引向人间。他知道自己快要成功了，心里窃喜着，心里暖洋洋的。因为能够让其他人大吃一惊，甚至给他们看一些奇奇怪怪的东西，又或者用幽默的方式捉弄或是糊弄一把，这样就能在矮人的世界里享受最高的荣誉。乐乐乐让他们看到了人间世界，对善于评判的种族来说，那里的事物稀奇古怪，光怪陆离，简直就是好奇的观察者们梦寐以求的。

一位头发花白的矮人站起来说话了，他以前也常穿越边界去观察人类的世界，看的时间太长了，所以时间在他的头发上留下了痕迹。他说道："我们该离开世代居住的森林，抛下这愉快的生活，就为了去看看新鲜事物而被时间淹没吗？"底下的矮人们开始窃窃私语，这声响穿过森林渐渐消失，就像人间蜜蜂归巢的声音一样。他继续说："不是'今日'吗？但那里他们就管这个叫'今日'，可没人知道'今日'是什么。等你再穿过边界看一眼，'今日'就已经不在了。在那里，时间汹涌澎湃，就像那些越过边界走丢了的狗一样，惊恐愤怒地狂吠着，迫切想要回去。”

“即便如此……”矮人们说，尽管他们不太明白他的话，可这个矮人在森林里说话还是很有分量的。“让我们留住‘今日’，”白发矮人说，“就在我们处于‘今日’的时候，不要轻易受诱惑，去到‘今日’极易消失的地方。一旦‘今日’流逝，那里的人们头发会更加花白，四肢变得孱弱，面庞变得松弛，那里的明天触手可及。”

当说出“明天”这两个字时，他的声音非常的严肃，矮人们都被吓坏了。

“明天会怎么样？”一个矮人问道。

“他们会死去，”这位头发花白的矮人说，“其他人就会在地上挖一个洞，把死去的人放进去，我看到他们这样做过。然后，我听他们说，这些死去的人就去了天堂。”

矮人们都被吓得发抖，森林里的大地都能够感受到震颤。乐乐乐坐在一旁听着这位有威望的矮人说着人间的坏话，他很是生气。他本来都快说服他们，准备好让他们被人类世界各种稀奇古怪的事大吃一惊了。于是他激动得脱口而出，尽管他对天堂知道的少之又少，“天堂可是个好地方。”

白头发矮人回答道：“是啊，所有的祝福和美好都在那儿，那里到处都是天使，哪儿还有矮人的地盘？天使都长着翅膀，他们会抓住矮人，一直扇他耳光。”

听到这儿，森林里的矮人们都开始抽泣了。

“我们才没那么容易就被抓住呢。”乐乐乐反驳说。

“他们有翅膀啊。”花白头发的矮人说。

矮人们悲伤地摇了摇头，因为他们知道翅膀的优势。精灵国度的鸟儿大多都能冲上云霄，俯瞰大地那永恒的美丽，对它们来说那就是食物还有鸟巢，它们还会为此歌唱。然而矮人却只能在边界溜达，凝视着大地。他们看着人间鸟儿在空中自由地飞翔，对它们充满了好奇，就好像我们对天堂充满向往一样。矮人们明白要是被那样的翅膀追逐，可怜的矮人是不可能逃脱的。“呜呼！哀哉！”矮人们感叹着。

白头发矮人没有再说什么，也没有必要再继续说下去，因为整个森林都沉浸在矮人的悲伤里，他们害怕如果自己胆敢前往人间，就会去向天堂。

乐乐乐没有再继续争执下去，现在不是理论的好时机，因为矮人们都太过悲伤了。于是他一本正经地站着，严肃地对他们讲着一些庄严的东西，教他们一些他学到的词语。现在没什么比学习和庄严更能让矮人们高兴的了，因为他们会为那一本正经的态度还有任何能跟严肃沾上边的东西笑上好几个小时。这样一来，矮人们又开始飘飘然了，因为他们的本性便是如此。

时机差不多的时候，他再一次提到了人间的种种，讲述着人类各种奇特的故事。我不想把乐乐乐说到关于人类的那些事写出来，因为我只是想取悦诸位读者，无意伤害大家的自尊心。整个森林再一次沉浸在爽朗的笑声里。白发矮人不想再多说什么了，矮人们的好奇心已经势不可挡。他们恨不得马上去到人类的世界，看看谁会住在房子里——头顶多出个帽子和高高的烟囱，去和狗说说话，不搭理猪，找找看谁一本正经起来比矮人还好笑。他们已经等不及去看猪、马车、风车，也等不及去嘲笑人类了。乐乐乐本来答应欧里昂只带二十个矮人回去，但此时却阻止不了所有矮人想一同前往的热情，他们情绪多变，又容易心血来潮，甚至那位头发花白的矮人也改变了主意，想要一起走。如果他答应带上所有的人，那精灵国里将没有矮人了。他挑选了五十个矮人，领着他们朝危机四伏的边界走去。他们急急忙忙地小跑着离开了阴郁的森林，就像旋转着的棕色树叶赶着摆脱十一月的糟糕日子。

Chapter 25

莱拉泽尔重拾往事

正当矮人们兴高采烈地往东赶去人间嘲笑人类时，莱拉泽尔微微动了动身子，她坐在父亲的膝盖上。精灵王庄严而又肃穆地坐在冰雪筑成的缭绕着雾气的宝座上，几乎未曾挪动。人间已过去了十二年，莱拉泽尔叹了口气，叹息激起了梦中的阵阵涟漪，轻轻地惊扰了整个精灵国度。黎明、夕阳、暮光，还有星辰闪烁的淡蓝微光交融成了精灵国度永恒的光芒。此刻它们都感受到了一丝淡淡的悲伤和寂寥，微微地颤抖着。魔法和咒语将微光召唤在一起，永远照耀着不受时间束缚的精灵王国，而和精灵一族的公主内心升起的黯然神伤相比，前者根本无以抵挡。她叹息是因为尽管她对精灵国度的永恒和宁静感到满足，人世间的回忆仍时不时地浮现在她心头。所以即使身处在如此令人赞叹，连歌声都无法表达此等美好的精灵国度，她还是忍不住想起人间田野间那寻常的驴蹄草以及数不清的无名花草。她的脑海中想象着她的儿子欧里昂在暮光之界另一边的田野中行走的样子，欧里昂离她如此的遥远。她对时间的流逝一无所知。精灵国度的伟大与辉煌恐怕连我们做梦都无法想象，在这里岁月深深地沉睡着。她的父王用魔法守护着这一切，在这里百合花不曾凋谢，白日梦也可以美梦成真。而这魔法现在却守不住她的奇思怪想，也不能让她的内心得到满足。她的叹息传遍了这个充满着魔力的国度，微微地惊扰了花朵。尽管这涟漪不过就像是夏夜迷途的鸟儿一样，扑打着翅膀，轻扰了隆重的门帘。

但精灵王还是感受到了她的悲伤，看到花朵，他明白他的女儿因为人间黯然神伤，跟精灵国度的辉煌与荣耀相比，她似乎更喜欢尘世的生活，即便此刻她正坐在那歌谣里传唱的宝座上。此情此景并没有在他心里掀起波澜，只是让他心生怜悯。正如一个孩子身处庄严无比的神殿中，却为琐事而苦恼，我们看到了会为他感到遗憾一样。在精灵王看来，人类世界根本就不值得他们为之伤神，人世间万物来去匆匆，无可奈何地沦为时间的猎物。那里的一切都稍纵即逝。对精灵国度这位能驾驭魔法、庄严无比的精灵王来说，那些都无足挂齿。他越这么想，就越为自己的女儿感到遗憾。呜呼！她那些怪念头怎能如此鲁莽不休，甘愿和那些转瞬即逝的东西纠缠不清呢？啊！对了，她只是不满足而已。国王释然了，不再为人间诱惑了她的女儿这件事情感到愤怒。她一定只是还不满足于精灵王国深沉的荣耀，她叹气肯定是还想要更多。他那无边的魔法就能办到。神秘王座的右扶手是由音乐和幻境筑成的，他高举起搁在那里的

右手，轻轻一挥，整个精灵国度便静了下来。

森林深处，巨大的树叶停止了婆娑呢喃；珍禽异兽就像镶嵌的大理石一般沉默不语；那些一蹦一跳往东去的棕色矮人也突然定住了。不一会儿，这一片宁静中响起了声声低语，渴望着那些连歌声也无法表达的东西。如果每一滴眼泪都是鲜活的，能够讲述悲伤的情绪，那应该就是这样的声音。接着这些低声絮语开始跳动起来，在这位精灵王国统治者充满魔力的手的控制下，逐渐汇聚成了一段美妙的旋律。随着这旋律，破晓的光芒从遥远的人类世界，或是精灵国度无从得知的某个星球上出现，穿过无边无际的沼泽，慢慢地从幽深的黑暗中升起，星光点点，寒彻入骨。初时，这光芒柔弱无力、冰冷阴郁，甚至比星光还要暗淡。雷鸣的阴影将它遮蔽，一切黑暗的事物都对其憎恨无比。可渐渐地，黎明的光越来越明亮，越来越强大，直到穿透沼泽的晦暗，驱散了空气中弥漫的寒流，最后爆发出无与伦比的色彩。如同凯歌奏起，黎明到来了。乌黑的云彩渐渐泛红，漂浮在一片淡紫色的海洋中；守卫暗夜的黝黑岩石此刻散发出金色的光芒。当这旋律再也无法表达连这片精灵王土都未曾见过的奇迹时，精灵王收起了高举的手，如同召唤鸟儿那样，将黎明的光芒从距离太阳最近的那几颗星星召唤过来；尽管穿过时间和空间的遥远距离，黎明的阳光还是如此的新奇美丽，照耀着不知黎明为何物的精灵国度。清晨的露珠挂在弯曲的草叶尖儿上，将光芒锁在了它们那亮晶晶的小圆球里，一闪一闪的，这诱人的光彩就如同人间的天空一样，他们还是第一次见到。

黎明在这片神奇的土地上渐渐变得不可思议，它日复一日地将光辉洒落在水仙花还有野玫瑰上，在静默的野蛮生长中饱尝这令人陶醉的景象，在整个花期持续。一丝别样的微光闪烁在森林里奇怪的长条树叶上，某种未知的阴影从巨大的树干中偷偷溜了出来，悄悄地在草地上出其不意地呈现开来。宫殿的塔尖感知到了这种奇特的景象，知道带来这一切的正是魔法。塔尖上神圣的窗户回应似地闪烁着光芒，混杂着玫瑰的红晕色和精灵山峰的淡蓝色，如天启之光投射在精灵王国的土地上。守望的哨兵年复一年地站在山顶眺望，防止人间或者其他星球的闯入者进入精灵国度，当他们看到天空中第一道曙光降临时，就吹响了号角，发出陌生者闯入的警告。荒凉的山谷中，护卫们扬起那传说中的牛角，在黑暗的崖壁上再一次吹响了号角。号角声沿着巨大的大理石面，一遍遍回荡在崖壁间，提醒着他们的同伴。于是，整个精灵国度都回响着异物闯入的警告。此时，所有的佩剑都从黑乎乎的剑鞘中拔出，战士们士气满满地站在孤独的峭壁上，严阵以待，警觉戒备，准备击退敌人。而黎明也越来越敞亮，同人类世界中万古不变的景象一样。充满了奇迹和迷人魅力的宫殿散发出冰蓝色的光，仿佛在欢迎，又好像是在抗拒，使得整个精灵国度更加的夺目生辉。

就在此刻，精灵王再次动了动手，他把手举得有头顶皇冠上的水晶塔尖那么高，在宫殿的墙壁上划出一道线，将无边无际的疆土呈现在莱拉泽尔的眼前。随着他指尖施展的魔法，莱拉泽尔看到了广袤的绿色森林，所有起伏的丘陵，庄严肃穆的青山，怪人守卫着的山谷，传说里才有的生物在巨大的树叶下

缓慢地爬行，还有那嬉笑着的矮人蹦蹦跳跳地往人间的方向走去。她还看到哨兵拿起号角贴在嘴唇上，号角闪烁着一丝亮光，骄傲地宣示着父王魔法的胜利。这神秘的艺术将黎明的亮光吸引过来，越过不可思议的空间，只为抚慰她，满足她对人间的幻想，唤回她迷失在人间的思绪。她望着草地，时间曾在此间游走数个世纪，却不曾让任何一朵花儿凋零。这新奇的黎明之光照射在她喜爱的草地上，穿过精灵国度厚重的色彩，与那迷人的暮光糅合在一起，给予了它们另一种从未绽放过的美丽。那些只有在歌声里才被描绘过的宫殿塔尖，此时正闪烁着异样的光芒。精灵王将视线从那些让人眼花缭乱的景象转向女儿，想看看这般的奇迹能否将她的思绪从那萦绕着死亡与沧桑的土地中召唤回来。尽管他利用魔法改变了黎明的自然轨迹，将它吸引到这里；尽管女儿的眼眸正凝望着精灵国度的山峦，那里神秘的气息和那蓝色的光芒相得益彰；可他仍在不可思议的深沉中发现了她对人间的一丝想念！怎么还是想着人间？他都已经施展魔法，挥手为精灵国度带来了一个奇迹，她应该要满足了。他疆域里的一切都为此欢欣鼓舞，守卫在险峻的峭壁上吹响了号角，野兽、昆虫、鸟儿和花朵都沉浸在这新鲜的欢乐里。可他的女儿，身在此中，却还心系人间。

如果精灵王呈现的是其他奇迹而不是黎明，他还有可能将女儿的思绪带回家。可正是黎明奇异的美景与精灵国古老的奇迹融合一起，唤醒了莱拉泽尔陪伴欧里昂在清晨草地上玩耍的记忆，那草地上长满了普通的花。

“这还不够吗？”他用召唤魔法的手指着他那广阔的疆土，

用一种负有魔力的奇怪嗓音说道。

她叹了一口气——这还不够。

精灵王的内心升起一股悲凉，他就这么一个女儿，可她却偏偏还要为了人间而哀叹。也曾有过一位王后和他一起统治着精灵国度，但她是凡人，最后难免一死。因为她常常会去人类的世界，在山间找寻五月的踪迹，或者在秋天去看山里的山毛榉。尽管她每次去人间只是待上一天，太阳下山前就会返回暮光边界后的宫殿，然而时间却追赶着她，她因此渐渐老去，很快就去世了。毕竟她只是一个凡人而已。对此不甚理解的精灵们就像人类埋葬女儿那样将她好好地安葬。现在精灵王独自和女儿在一起，他的女儿却为了人间而郁郁寡欢。

悲伤笼罩着他，但很快，他就像人类一样，在哀悼过后内心升腾起一丝欢欣鼓舞。他起身抬起双臂，这情绪和着音乐迸发而出，像浪花般扑向整个精灵国度。举国上下都沉浸在音乐的浪潮中，它如大海般澎湃，每个人内心都涌起一股想要跳舞的冲动，无人能抗拒。音乐随着他挥动的双臂涌向大家，所有隐藏在森林之中，在树叶上慢慢蠕动着的、崎岖的高山上跳跃着的、在百合花丛中悠然漫步的，各处的生命，连守卫疆土的哨兵，那些在孤寂山岭上的侍卫，还有那些正一蹦一跳去向人间的矮人们，全都随着这春天般的旋律跳起舞来。

矮人们现在距离边界已经很近了，想到马上就能去嘲笑人类的生活，他们都笑得在脸上挤出了皱纹。他们匆忙地赶着路，身上的每一根血管都期待着穿过暮光之界。而现在他们停了下来，在原地随着音乐旋转跳着。这样的律动就像在我们的世界，夏夜里的小虫子一样。森林深处那些传说中的神兽跳着小步舞，那是很久很久以前人类还没有群居时，女巫们用她们的奇思妙想还有欢声笑语发明的舞步。森林里的树木也慢慢地把根从地里拔出来，笨拙地摇摆着，晃动着它们巨大的脚爪子。昆虫们就在那些舞动的巨大叶子间飞舞着。还有那些生活在幽深洞穴中的奇怪生物，从漫长的睡眠中苏醒过来，在潮湿的洞穴里扭动着。

在精灵王的身边，莱拉泽尔公主也随着那让人着魔的旋律轻轻地舞动，脸上浮现出一丝若隐若现的微笑，焕发着淡淡的光芒。突然之间，精灵王的手臂又抬高了一点，一下子所有精灵国度舞动的生物都停了下来，如同被某种令人敬畏的力量威慑住了。游走于人间世界以外、穿行于一片透蓝之间的音符经由国王之手汇聚成一支旋律，洒遍整个精灵国度。整个王国都沉浸在这神奇的音乐之中。人们想象中的野生生物，还有传说中的东西，都唱起了它们快要忘记的古老歌谣。无数身处高处的美妙事物被吸引着降落下来。一种莫名的情绪动摇了精灵国度千百年来的宁静。洪水般的音乐像神奇的浪花拍打在庄严肃穆的山坡上，悬崖峭壁间发出一种奇怪的、像是撞击铜器一样的回声。而人间，听不到一丝乐声或是它的回音：没有一个音符、一丝音响或是一声呢喃曾穿透那狭窄的暮光之界。这些旋律在别处慢慢地升高，就像稀有的飞蛾飞入天堂，像是被祝福的灵魂哼唱着难以名状的回忆。天使也听到了，但不许心生嫉妒。尽管这样的音符没有飘去人间，尽管在我们的国境里永远都无法听到精灵国度的音乐，然而在那时以及各个不同的年代里，都有一些人将我们的悲与喜写进歌谣里。尽管有着暮光之界的阻隔，他们没有听到过精灵国度的那些美妙音乐，但他们用心感受着，将这些奇妙的神奇音符写了下来，用人间的乐器演奏这些音乐。正是因为有了这样的人，人类才没有被绝望击倒。

很长一段时间里，精灵王掌控着一切臣服于他的人与事物，以及他们的渴望、疑惑、恐惧和梦想，所有的一切都沉浸在这非人间所有的音乐巨浪中。当整个精灵国度都汲取着音乐的滋润时，正如我们的土地吸收绵绵的细雨一样，精灵王看向他的女儿，说道："还有哪里和我们的家园一样美丽？"她转向她的父王说道："这里永远都是我的家。"她的嘴唇微微翕动，蓝色的眼睛里闪烁着爱的光芒，她将那美丽的手伸向父亲，突然她听到疲倦的猎手吹响的号角声从人间边界传来。

Chapter 26

艾瓦瑞克吹响号角

多年来，艾瓦瑞克一路向北，疲倦地游走在寂寥的土地上。风从他那破旧灰帐篷上的破洞里吹了进来，让寒冷的夜晚显得愈加惆怅。零星的农场都亮起了灯光，夜空下的稻草堆也慢慢地暗淡了下来。居住在农场的人们偶尔能听到尼瓦和善德用棒槌敲击着地面的声音，那声响来自无人踏足的地方。当农场上里的孩子透过窗棂看外边是否有星星冒出来时，他们或许能看到那顶奇怪的灰旧帐篷上飘摇的破布条拍打着最后一道篱笆围墙；而片刻之前，那里还只有落日的余晖。第二天一早，各种猜测和好奇，孩子们又害怕又兴奋的情绪，老人们讲述的故事，在人类世界边缘的秘密探索，透过最后一道树篱笆昏暗的绿色缝隙向里窥探（尽管这样做是不被允许的），传言与期望，所有的这些都融合成了一个未解之谜，自那个早晨起，流传许多年成了一个传奇。而艾瓦瑞克和他的帐篷却早就不在那了。

就这样日复一日，年复一年，一个寂寞独身的男人，一个多愁善感的小伙子还有一个疯疯癫癫的人，一顶灰旧的帐篷以及那长而扭曲的撑杆，这样一支队伍一直追寻着。天上的星辰已与他们相识，四季的风也熟悉了他们的身影，还有那路途中的雨雪冰霜，但他们却只能向夜间一扇扇透着温暖柔光的窗户道别。每个冷冽的清晨，伴随着日出时分的第一道光，艾瓦瑞克从躁动不安的梦境中醒来，而尼瓦也开始叫嚷。在安静阴沉的山墙苏醒之前，他们便重新踏上了这疯狂的征程。每天早上尼瓦都会预言他们即将找到精灵国度，然而时间却一天一天、一年一年地溜走了。

蒂尔早就离开了他们，他曾经唱着激昂的歌预言着胜利即将到来。正是这样的热情在那些最寒冷的夜里鼓舞着艾瓦瑞克，支撑着他走过最崎岖的道路。有一天傍晚，本该是领路人的蒂尔却突然唱起了关于年轻女孩头发的歌谣。又有一天的黄昏，一只黑色的鸟儿唧唧喳喳地唱着歌，盛开的山楂树花绵延了数英里，蒂尔走向人类的村庄，和一名女子结了婚，从此不再流浪。

马儿死掉了，于是尼瓦和善德用帐篷的撑杆挑起了他们所有的家当。就这样又过了很多年。一个秋天的清晨，艾瓦瑞克离开营地去了村庄。尼瓦和善德彼此交换了眼神。为什么艾瓦瑞克要向其他人问路呢？不知怎的，不假思索的，他们那疯狂的脑袋很快就知道了他的意图。假如没有尼瓦的预言指引他，假如没有善德在满月誓言里听到的内容，一切将会是怎样的呢？

艾瓦瑞克询问了村庄里的人，几乎没有人能够说出与东方

相关的事情。假若他跟村子里的人说起这么多年来他走过的地方，他们也会毫不在意，就好像他告诉大家，他曾将帐篷支在日落时分低浮在天边的彩霞之上那样。那些极少数能够答上些什么的人也只是说，只有那些巫师才知道。

知晓了这个情况后，艾瓦瑞克穿过田野和树篱回到那个无人问津的破旧灰色帐篷。尼瓦和善德沉默地坐在那儿，斜着眼望着他，因为他们知道他不再相信那些疯狂的预言和月亮的指示。第二天当他们迎着清晨的冷冽转移阵营时，尼瓦没有和往常一样叫嚷。

这样奇怪的旅程继续了没几个星期，有天清晨，艾瓦瑞克在人类世界的边缘遇到了一个人。那人正在井边打水，头顶戴着高高的锥形帽子，周边神秘的气氛表明他肯定是一个巫师。“大师，”艾瓦瑞克说，“我有一个令普通人恐惧的问题，我想问问您有关将来的事。”

巫师将视线从他的木桶转移到了艾瓦瑞克身上，疑惑地打量着他，因为像艾瓦瑞克这样衣衫褴褛的流浪者，几乎不可能出得起问询未来之事的价钱。巫师报出了正常的价码，而艾瓦瑞克的钱袋子打消了巫师的疑虑。于是他指着从桃金娘树顶冒出来一点的高塔，让艾瓦瑞克在黄昏时分星辰初升时去拜访他，在那个恰当的时刻他便会将未来的事情一一告诉艾瓦瑞克。

尼瓦和善德再一次明白，他们的领导者所追逐的梦想和传奇既不是出于疯癫也不是因为月亮的指引。艾瓦瑞克离开时什么都没说，但他的脑子里好像有东西在打架一样。借着渐渐昏沉的夜色，艾瓦瑞克等待着星辰的升起，他走过人类的田野，来到巫师的高塔前。桃金娘的枝丫在微风中轻轻拍打着塔楼深色的橡树门。一个修习巫术的小徒弟打开了门，领着艾瓦瑞克去向楼上巫师的房间。楼梯的木台阶十分古老，那里的老鼠应该比人更清楚这事。

巫师早已披上一件黑色的丝质斗篷，那是一样属于未来的物品。没有它，巫师无法问询将来之事。年轻的学徒离开之后，巫师走向放在高高的桌子上的卷宗，然后又转向艾瓦瑞克，问他想知道未来的什么事情。艾瓦瑞克问他要怎么样才能去到精灵国度。巫师打开那本书漆黑的封面，翻了一页又一页，很长的一段时间里他翻开的书页都是空白的。随着他继续翻页，书中逐渐显现出字迹，尽管这些文字艾瓦瑞克从未见过。巫师解释说这样的书本来能给出所有问题的答案，但是由于他只关心未来，觉得没必要读取过往，因此后来他只得到了一本能够预示未来的书。如果他之前有心学习人们曾经犯下的所有愚蠢之事，那他在巫师学院就可以得到比现在更多的东西。

巫师看了一会儿书，艾瓦瑞克听到老鼠在房子的过道里窸窸窣窣地穿梭着，就像它们刚刚在台阶上造出的声响。过了一会儿，巫师在书里找到了他想要知道的未来的事。他告诉艾瓦瑞克，只要他身上配着这把带着魔法的剑，他将永远无法到达精灵国度。

听到这些，艾瓦瑞克付钱给巫师后就悲伤地离开了。因为他清楚他在精灵国度会遭遇到的艰险，仅凭人间铁匠打造的寻常刀剑根本无力招架。但他不知道的是，他的剑里封存的魔力会在空气中留下些许痕迹和气味，那味道就像闪电一样穿过暮

光之界传到精灵国度。他也不知道精灵国王借此知道了他的存在，并有意将精灵国度的边界退得离他远远的，如此一来艾瓦瑞克便无法再打扰到他的国度。但艾瓦瑞克相信了巫师从书中读到的未来，于是带着哀伤离开了。他把橡木楼梯留给了时间与居住在其间的老鼠，穿过长满桃金娘的小树林，走过人类的田野，回到了那个让人忧郁的地方。他那灰色的破帐篷凄惨地窝在荒野之中，旁边坐着的尼瓦和善德也呆呆地一声不吭。自那以后，他们开始朝着南方流浪，但不论选择哪一条路，对艾瓦瑞克来说都一样的无望。他不愿意放弃那把能助他抵御魔法危险的剑。尼瓦和善德顺从地跟随着他，不再胡言乱语，不再预言叫嚷着月亮的启示，因为他们知道他已听从了别人的意见。沿着崎岖的道路，他们拖着疲惫的身体向着南方孤独地行走了很远，却从未见到过精灵国度那道厚重的暮光边界。艾瓦瑞克仍然不肯放弃他的剑，因为他已经猜到精灵国度惧怕它的魔力，而想靠人类普通的刀剑重新夺回莱拉泽尔，这希望太渺茫了。

过了一段时间，尼瓦又重新开始了他的预言；善德又开始在月圆之夜叫醒艾瓦瑞克，讲述他的故事。艾瓦瑞克明白，不论是善德的故事中那些神秘传说，还是尼瓦欢呼雀跃时给出的预言都是徒劳，它们都不可能带他去到精灵国度。在这荒芜之地，即便知晓了如此让人沮丧的事实，他还是会在黎明时收起帐篷，坚定地前行，找寻着那遥远的边界。

好几个月过去了，有一天艾瓦瑞克一行人驻扎在一片荒野中的乱石堆旁，那是一片无人之境。傍晚的时候，他看到一名女子，戴着女巫的帽子和斗篷，正拿着一把扫帚清扫着这片荒芜之地。她每挥动一下扫帚，脚下的荒凉之地就会离人间之地远一点，退向那些乱石堆，并一直向东退向精灵国度。每一次挥扫都如此有力，扬起的阵阵沙尘扑向艾瓦瑞克。艾瓦瑞克从那寒碜的营地慢慢地走向女巫，静静地站在附近，看着她不停地挥动着扫帚。可她丝毫没有想要停下手中的活计，依然兴致勃勃地清扫着，大步踏过人间土地上的扬尘。过了一会儿，她抬起头，继续扫着地，望着艾瓦瑞克。艾瓦瑞克这才发现这是女巫辛萝黛尔。过了这么多年，他又见到了这位女巫，而她也看到了艾瓦瑞克褴褛破烂的斗篷下，那把她曾经在山里为他铸造的剑。即便那把剑插在皮革做的剑鞘里，也无法阻止她一眼就认出它来。那正是她铸造的宝剑，因为她辨认出了这把剑的魔法散发出的微弱味道，这味道在夜间四处飘浮着。

“巫祖婆婆！”艾瓦瑞克喊道。

她朝艾瓦瑞克行了一个礼，尽管她拥有魔法，尽管年岁也比艾瓦瑞克的父亲要大上许多，尽管在艾尔国很多人都已经忘记了他们的国王，但她却没有。

他问她在做些什么，为何夜间要在这荒野之中挥动扫帚。

“清扫世界。”她说道。

艾瓦瑞克正疑惑她清扫着的是什么不被接受的东西，扬起的灰尘翻滚着向人类的疆土飘了过去，慢慢地融入疆土以外积淀而成的黑暗之中。

“为什么你要来打扫世界，巫祖婆婆？” 他问道。

“有些东西本不该存于此处。”她说。

他用渴望的眼神望着她扫帚下腾起的灰色云彩翻滚着向精

灵国度飘去。

“巫祖婆婆，我也能去吗？我已经寻找精灵国度十二年了，却连精灵山脉的影子都没看到过。”

老女巫慈祥地看着他，接着瞥了一眼他的剑。

“他惧怕我的魔法。”她说，眼神里透着神秘和深思。

“他是谁？”艾瓦瑞克说。

女巫垂下眼帘。

“国王。”她说。

她告诉艾瓦瑞克这位具有魔法的国王会如何避开那些曾经对他不利的东西，面对那些与他旗鼓相当的魔法，他从来都是带着一切离得远远的。

艾瓦瑞克无法相信，这样一位国王竟会如此在意他那破旧的黑色剑鞘里的魔法。

“他就是这样。”她说。

艾瓦瑞克更无法相信是国王隐藏了精灵国度。

女巫解释道：“他的确拥有这样的魔法。”

但艾瓦瑞克还是想要面对这位可怕的国王，面对他那巨大的魔法；尽管巫师和女巫都提醒过他，他是无法带着这把剑贸然前行的。没有任何武器，他要怎么样才能穿过宫殿周围的灰色森林呢？带着人类铸造的武器，跟赤手空拳根本没什么区别。

“巫祖婆婆，”他哭着说，“我再也到不了精灵国度了吗？”

他声音中的渴望和悲痛打动了女巫的心，甚至让她有了一丝奇异的遗憾。

“你可以去的。”她说道。

在这令人伤感的夜晚，艾瓦瑞克百感交集，一方面他感到绝望，另一方面却也幻想着与莱拉泽尔的相聚。女巫从她的斗篷下拿出一个小小的不足重量的砝码，那是她从一个卖面包的人那儿得来的。

“用它沿着剑锋把剑涂抹一遍，”她说：“从剑柄一直到剑尖，它能隐藏剑的魔法，这样精灵国王永远都不会知道它的存在。”

“那我还能用它战斗吗？”艾瓦瑞克问道。

“不能。”女巫说，“但是只要你通过精灵国度的边界，用这张羊皮纸把剑上每一处砝码留下的印记擦掉，”女巫又在自己的斗篷下面抖抖索索地摸出一张羊皮纸，上面写着一首诗歌，“这个会重新赋予剑魔法。”

艾瓦瑞克接过砝码和羊皮纸。

“千万别把这两样东西放在一起。”女巫提醒道。听罢，艾瓦瑞克将这两样东西分开。

“一旦你越过边界，”她说，“他可能又会将精灵国度移走，但那个时候你和这把剑就留在了他的疆域。”

艾瓦瑞克说：“巫祖婆婆！如果我这样做，他会生你的气吗？”

“生气！”辛萝黛尔说，“生气？他会暴怒到发狂，比发狂的老虎还厉害。”

“我不会连累你的。”艾瓦瑞克说。

“什么？”辛萝黛尔说，“你觉得我会在乎吗？”

夜渐渐深了，荒野和天空也逐渐变得像女巫的斗篷那样漆

黑。女巫笑了起来然后消失在了黑暗之中。很快，这夜晚就只剩下一片漆黑和女巫的笑声，但他却看不到她了。

循着营地旁孤独的篝火，艾瓦瑞克回到了乱石堆。

当早晨的阳光降临在这一片蛮荒之地时，地上那一堆堆毫无用处的石头也开始闪着微光。他拿起那个砝码，在剑背和剑刃上来回轻轻地摩擦，直到剑的魔法完全被覆盖和隐藏。他趁着同伴还在睡觉，在自己的帐篷里做这件事。因为他不想让他们知道，自己没有听从尼瓦的胡言乱语，也没有在善德向月亮那听来的故事中获得启示，而是向其他人寻求了帮助。可在这疯狂之旅中他们并没有艾瓦瑞克想象中睡得那么踏实，当尼瓦听到砝码轻轻摩擦着剑刃的声音时，他偷偷地睁开了一只眼睛悄悄地看着艾瓦瑞克。

当这一切都在静悄悄的窥视中结束后，艾瓦瑞克叫醒了两个同伴，他们卷起了那破破烂烂的帐篷，收起了长杆，挑起了少得可怜的家当。艾瓦瑞克继续沿着我们知晓的疆土前行，急切地想要来到那片长期将他拒之千里的土地。尼瓦和善德跟在后面，两人抬着撑杆，行李挂在杆子上摇摇晃晃，帐篷上破旧的碎布也迎风飘荡着。尼瓦和善德挑着长杆跟在艾瓦瑞克的身后，行李挂在杆子上摇摇晃晃，帐篷上破旧的碎布也迎风飘荡着。

他们往人类居住的村庄走了一阵，买到了他们需要的食物，那是他们下午从一个农民那买来的。那个农民独自一人住在一栋孤独的房子里，房子几乎就在人间田野的边缘，应该是这人类可见世界里最远的一栋了。在那里他们买了面包、燕麦、奶

酪、一块烟熏火腿还有其他的一些东西。他们把东西都打包收好，挂在了长杆上。之后，他们便离开了，离开了他的田野，离开了人类居住的地方。

夜幕降临，他们看见一道树篱，树篱散发出一种轻柔别样的光彩，照亮了大地。他们知道这样的光彩绝非人间所有，那就是暮光之界，精灵国度的边境。

“莱拉泽尔！”艾瓦瑞克大声喊道，他抽出剑，大步踏进了暮光之中。跟随着他的是尼瓦和善德，他俩所有疑虑都化作了令人振奋的羡慕或者是不属于他们的魔力。

喊出那一句“莱拉泽尔”之后，他不太相信自己的声音能够传到莱拉泽尔的耳中，于是他举起了用皮带挂着的猎人的号角，放在唇边，吹响了一声疲倦却又悠远的号声。他站在精灵王国的边缘，精灵国度的光彩让他的号角也闪闪发亮。

长杆从尼瓦和善德的手中掉了下来，落到了这不可思议、非凡的暮光中，就好像一片未知海域上漂浮的残骸一样。他们突然抓住自己的主人。

“充满梦想的国度！”尼瓦说，“我做的白日梦还不够多吗？”

“这儿没有月亮！”善德大声喊道。

艾瓦瑞克用剑刺了一下善德的肩膀，因为剑的力量被隐藏了起来，变得很钝，所以也只是轻轻地伤到了善德。他们俩抓住剑把艾瓦瑞克拽了回来，可这个疯子的力气远远地超出了他们的想象。他们把艾瓦瑞克重新拖回了人类的疆土，那片让他们格格不入，却又对所有新奇东西羡慕不已的土地。艾瓦瑞克被拽了回来，无法再看到那片散发着淡蓝色光芒的山脉，他没有进入精灵国度。

但他的号角声穿过了边界，惊扰了精灵国度的天空，在这片梦幻的宁静中发出只属于人间才有的音符，悠长而哀伤。这正是莱拉泽尔和父王交谈时听到的号角声。

Chapter 27

矮人乐乐乐回来了

春色降临小山村和艾尔城堡，传遍每一处角落与缝隙，温暖和煦地祝福着每一丝空气，追寻着每一个生灵；甚至连最隐蔽之处的小植物也不曾遗漏，那些小小的植物生长在屋檐下、旧桶的裂缝里，或是古老砖石的灰浆缝里。这个季节，欧里昂是不猎独角兽的。并非是他知道独角兽在什么季节繁殖，毕竟精灵界的时节与凡世不同；而是因为他从凡世的先祖那里继承了一种情感，在这个属于歌声与花朵的季节，不应当猎杀任何生物。于是，他照料着猎犬，时不时地观望群山，期待着乐乐乐随时可能回来。

春去夏来，繁花盛开，而矮人还是没有回来的迹象，因为精灵界那林间谷地中的时间流逝与人类世间大相径庭。每个夜晚，欧里昂都会久久地凝望，直到暮色渐渐退却，群山成了黑色的剪影，但却不曾等到矮人的小圆脑袋摇晃着出现在山丘之间。

悠远的秋风自寒冷国度而来，发现欧里昂仍然等待着乐乐乐，薄雾和秋叶呼唤着他的狩猎之心。猎犬都哀号着，想要去开阔的空地，一股股气味犹如神秘的路径穿过广阔的世界，但是，除了独角兽，欧里昂什么都不想猎取。他仍然等待着他的矮人朋友。

就在这样一个凡俗的日子里，残阳如火，空气中充满了霜雪迫近的气息。森林中，乐乐乐同矮人一族的讨论结束了。矮人们蹦跶得比野兔还快，很快就抵达了结界。这时候，要是我们凡世中有人望向那俗世尽头的神秘边境（很少有人会看），他们就会看到矮人一族古怪的灰色剪影在暮色中敏捷地穿行。他们高高跳起，飞跃过暮光结界，然后一个接一个地落下，随意地落在凡世的土地上，跑着、跳着、翻着筋斗，恣意欢笑，好像这正是接近这片土地的正确方式，而这里绝不是这个星球上最不起眼的地方。

他们窸窸窣窣地掠过一座座小屋，就好像风儿吹过稻草，就算有人听到了他们匆匆的脚步声，也不会知道他们是这样一群异世来客。只有那些狗儿知晓这一切：狗的职责就是看家护院，认得路过的各种生物，知道它们该和人类保持多远的距离。矮人们只要经过吉普赛人家、流浪汉营地，或是任何不建房子的地方，就会立刻惊起一片狗吠。对于森林中的野生动物，狗儿们的吠叫声中含着更多的是厌恶，因为它们清楚地知道野生动物普遍不服管教而且蔑视人类。而它们冲着狐狸吠叫得就更凶了，因为它行踪诡秘、四处游荡。然而今夜，狗群的叫声已经不是厌恶或是凶狠能够形容的了，简直是声嘶力竭，许多农夫都以为自家狗儿是不是噎住了。

矮人们穿过这片农田，见到笨拙的绵羊受了惊吓四处乱窜也没有停下脚步来嘲笑它们，因为他们要留着尽情地嘲笑人类。很快他们就来到了俯瞰艾尔国度的高地之上，在他们的脚下，夜色与人类的炊烟灰蒙蒙地混作一团。升腾的烟雾来自各个角落，都是些微不足道的火源，这边是一个女人烧水的炉灶，那边则是用来烘干孩子衣物的火堆，或者几个老人晚间生火暖手。矮人对此毫不了解，他们原本打算一见到人世的事物就好好嘲笑一番的，此时却不曾出言不逊。对于矮人而言，最深刻的思想不过就在笑容之下，但是如此近距离地接触到如此陌生的人类，看到人们睡在自己的村庄里，周围烟雾缭绕，它们还是产生了小小的敬畏之情。尽管，在这些无忧无虑的脑袋瓜里，这份畏怯就像松鼠掠过细小的树枝末端一样稍纵即逝。

有那么一阵子，他们从山谷中举目望去，谷中已是薄暮冥冥，但西方的天空仍然明亮，那一丝色泽伴着渐暗的光线，显得如此动人，直叫他们以为山谷另一边还存在着另外一个精灵界，这座山谷镶嵌于隐约可见的魔法精灵界两边，交界之处人迹罕至。坐在山坡上向西方凝望，矮人们的视线中出现了一颗星星：那是金星，蓝光满盈，低悬于西方。他们全都向着那陌生的淡蓝色美人儿一次次俯首致意；因为，尽管矮人一族不太讲礼貌，但他们却意识到这颗昏星并非凡尘所有也绝非人世俗物，故而他们相信，它准是从世界西方不为人知的精灵国界中升起的。随后，越来越多的星辰开始闪现，直到矮人们都被吓住了，他们从没见过这些溜出黑暗而闪闪发光的漫游者。起初，他们觉得“我们矮人比天上的星星还多”并且感到很惬意，因为他们坚信以数量取胜。然而很快天上的星星就比矮人要多了。数不清的星斗之下，矮人们在黑暗中席地而坐，惶惶不安。但是他们转瞬就把这困扰他们的想法抛在了脑后，因为他们没法在一件事上琢磨很久。他们转而关注起那星星点点的昏黄灯光。灰蒙蒙的雾气中，有几栋人类的屋舍坐落在矮人们面前，显得温暖而舒适。矮人们正七嘴八舌地说着话，一只甲虫爬了过去，他们立即噤声，听着甲虫先生是不是要说点什么；但甲虫只是发出低沉的嗡嗡声，向家里爬去，矮人们完全听不懂这种甲虫的语言。远处，一只狗正在不停地狂吠，狗吠声使得安静的夜晚充满了戒备的意味，也使得矮人们十分恼火，因为他们觉得这狗妨碍了他们与人类的接触。随后，一只浑身雪白的鸟儿悄无声息地从夜色中滑翔而来，轻轻落在一根树枝上，先是向左边歪着头望着这群矮人，然后向右边歪着头再次打量他们，之后又再次向左边歪头，因为它还是没弄清楚他们到底是什么。“是只猫头鹰。”乐乐乐说道。除了乐乐乐，其他一些矮人也曾经见过这种鸟儿，因为猫头鹰常常沿着精灵界的边缘飞行。不一会儿，猫头鹰就飞走了，矮人们听到它在山间和谷地中狩猎；接下来，万籁俱静，只剩下人类的说话声、孩子尖锐的哭声，以及狗儿提醒人类警惕矮人一族的吠叫声。“真是个明智的家伙。”矮人们这样评价那只猫头鹰。他们喜欢猫头鹰的嗓音，但是人类的嗓音以及家犬的吠叫则让他们困惑不解而且心烦意乱。

他们见到深夜里旅人提灯的光芒穿过高地向着艾尔的方向

而去，也听到独行的人在夜里放声歌唱给自己打气，而不是仰仗灯笼的光芒。这段时间里，金星逐渐变得越来越大，参天的树木则越来越沉郁漆黑。

突然之间，从烟气之下，从溪流的迷蒙雾气之中，传来了牧师铜钟般的声音，向着山谷之外的深夜中传开去。夜色中，艾尔的山间回荡着这钟声，回音传入山坡上矮人们的耳中，就好像是一种挑衅，挑衅着矮人以及一切受诅咒的事物、流浪的鬼魂，还有无法得到牧师祝福的逝者。

庄严的回声随着圣钟的每一次摇摆而响彻黑夜，使得那群矮人同所有异界来客都感到欢欣鼓舞，因为，庄严的东西总能触动矮人那轻浮多变的心思。这会儿他们越发高兴了，自顾自地吃吃发笑。

就在他们还望着漫天星斗思索它们是否友善的时候，天空变成了钢蓝色，东方的星辰逐渐变少，雾气和人类的烟雾变成了白色，西边的山谷也被月色映亮；矮人身后的高地之上，一轮圆月缓缓升起。随后，从牧师的圣所传来合唱的歌声，吟诵着月出之祷[①]。在月圆之夜明月初升之时唱起赞歌，这是他们的习惯。他们将这一仪式命名为“望月初升”。钟声已经停止，不再有人突然作声，那山谷里的狗也让人嘘得安静下来不再吠叫示警，人们的歌声孤单悲凉而又庄严肃穆，从圣所的蜡烛前飘荡开去。那小小的圣所呈方形，由灰色石块垒就，其建造者

① 原文为moon matins。matins为晨祷，通常在黎明朗诵赞美歌。（译注）

早已作古多年；每当月出时分，圣洁的歌声流淌，犹如夜色般肃穆，犹如满月般神秘，其中蕴含的意味复杂难解，就算是思想最深刻的矮人也难以明了。然后，矮人们一齐从落霜的高地草坪上跳了起来，冲下山谷去笑话人类的生活方式，嘲弄人类的宗教事务，再用轻佻的举止扰乱人类的赞歌。

蜂拥而至的矮人们惊起好几只兔子，它们那惊慌失措的样子在矮人当中激起一片笑声。一颗流星追赶着落日向西方坠去。或许这是一种预兆，向艾尔的村庄发出警告：凡世边境之外的居民如今正接近这里啦！又或许，这只不过是某种自然法则的必然结果。在矮人们看来，高高在上的璀璨群星之中有一颗星子坠入凡尘，精灵特有的轻率让他们为此欢欣不已。

于是，他们咯咯嬉笑着穿过夜色，跑过村庄的街道。没有人发现他们，正如没有人会发现那些深夜活动的野生动物一般。乐乐乐引着矮人们来到了鸽子棚，然后争先恐后地攀爬了进去。村里有人猜测说有只狐狸钻进了鸽子棚，但是声响几乎在鸽群刚一回窝时就停止了，艾尔的居民要到天亮才有可能发现，已经有凡世边境之外的居民进驻到他们的村庄啦。

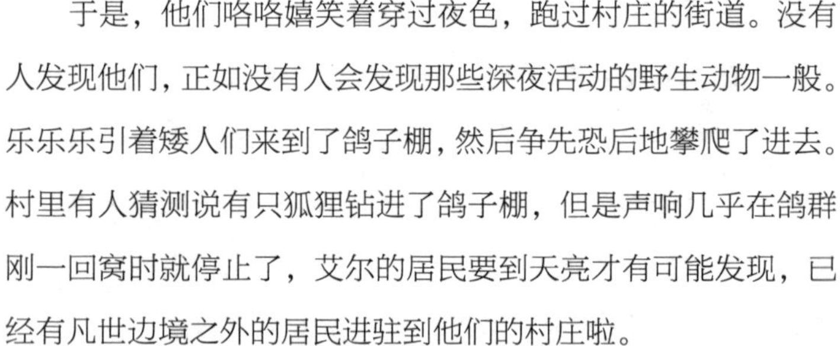

鸽子棚的地板上挤满了矮人，乌压压的一片，比食槽边抢食的小猪崽还要拥挤。时间在他们身上流逝，一如在凡世事物上流过。尽管他们实在没什么头脑，但他们还是清楚地知道，跨过了暮光结界他们就会受到岁月的侵蚀，因为在任何危险地段安家的动物都不可能不了解那里有什么会威胁生命，就好比生活在崎岖高原上的岩狸都深知悬崖绝壁有多么危险。所以，居住在凡世边境的矮人们也都知道时间流逝是多么的危险。然而，他们还是来了。凡世的神奇与诱惑对他们来说太过于强烈了。不是有许许多多的年轻人都像矮人挥霍永生一样虚度了青春吗？

乐乐乐教他们怎样迫使时间暂停，否则时间就会片刻不停地让他们变得越来越老，还会整夜整夜地用尘世的喧嚣困扰他们。然后，他静静地躺着，闭上眼睛，双腿微蜷。他告诉矮人们，这叫作睡眠。他还提醒矮人们，身体的其他部位要静止不动，但记得保持呼吸。接着，他专心地睡起觉来，其他那些棕褐色的矮人们经过几次失败的尝试，最后也都成功入睡。

朝阳升起，凡世的一切苏醒过来，长长的光线从那三十扇小窗透进来，唤醒了鸟儿和矮人们。这一大群矮人来到窗前去看凡世的样子，那群鸽子则扑闪着翅膀飞到梁上歪着脖子打量矮人。这群矮人本来会一直待在那儿，推推挤挤压在彼此的肩膀上，拥在窗口研究凡世那丰富多彩而生机勃勃的一切，并逐渐发现他们自己就等于是最稀奇的传说了，就像是旅人们从我们世界里带到他们那里去的那种寓言故事。尽管乐乐乐时不时就提醒他们几句，他们还是完全忘记了要带着狗一起去猎取骄傲的白独角兽。

但是，只待了一会儿，乐乐乐便引着他们走下鸽棚，带着他们来到了狗舍。他们爬上高高的围栏，从高处窥视着那些猎犬。

猎犬一见到围栏上方那些古怪的脑袋就是一阵躁动。附近的乡民纷纷赶来察看狗群怎么了。他们发现一群矮人爬在围栏顶端，便奔走相告：“魔法已经降临到艾尔啦！”

Chapter 28

独角兽狩猎

那个早上，艾尔人没有一个不曾抽空去看看那刚从精灵界传来的魔法，看看矮人们同邻居们形容的是不是一样。艾尔的乡民打量着矮人们，矮人们也观察着艾尔乡民，气氛很是欢乐。因为，正如不同的思维总是会互相嘲笑，这两个种族现在正互相嘲笑着对方。村民们看到那些赤身裸体而又行动敏捷的棕色矮人，觉得没有什么能比他们粗野的举止更好笑的了，简直可笑极了，而矮人们也觉得村民们的帽子又高又无趣，衣服很是奇怪，连气场也是相当的严肃。

很快，欧里昂也来了，村民们纷纷摘下细长的帽子来向他致意。尽管矮人们本来也想嘲弄他一番的，但是乐乐乐找到了鞭子，并且挥鞭驱使他那些粗鲁无礼的同胞们向他致意，就按着在精灵界中向贵族致意的礼节。

到了正午时分，是该吃午饭的时候了，人们纷纷转身离开狗舍回家去了，一边还赞不绝口地称颂着那终于降临到艾尔国度的魔法。

随后的日子里，欧里昂的猎狗都学会了一件事：去追矮人是没什么用的，冲矮人叫唤也是傻事。因为，矮人一族不仅速度快得惊人，而且还能够高高跃起掠过猎狗的头顶；等到每个人都拿到了一根鞭子，他们就会反过来向着猎狗龇牙咧嘴地吼叫，而且准头还相当不错，除了那些世代持鞭的驯狗师之外无人能及。

一天早上，欧里昂早早来到鸽棚唤醒了乐乐乐。乐乐乐集结起矮人们出门直奔狗舍。欧里昂打开一扇扇门，然后带领他们穿过高地一路向东。猎狗们成群行动，矮人们则挥着鞭子跑在它们旁边，就好像一群绵羊周围全是煤球儿。他们要前往精灵界的边境，等待傍晚时分独角兽从那里穿过暮光结界来到凡世啃食草叶。当暮色渐渐将整个凡世晕染得格外柔和，他们抵达了那道隔绝尘世与精灵界的乳白色暮光结界。尘世的夜色愈加深沉，他们潜伏在那里，等待着大群神奇的独角兽的到来。每一只猎狗身边都伏着一位矮人，用右手环着猎狗的肩颈安抚它，让它们保持安静不动，而左手则抓着鞭子。这样一群古怪的猎手渐渐隐没在沉沉夜色之中，一动不动地任由时光消逝。随后，尘世的一切慢慢变得昏暗而安静，正是独角兽们喜欢的样子，这时那些伟大的生物便轻盈地穿过结界，深入尘世。直到这时，仍然没有任何一个矮人允许他手下的猎狗移动分毫。因此，欧里昂一给出信号，他们就轻而易举地将一只独角兽隔离开来，让它没办法回到它的精灵界故土，从而在这片属于人

类的土地上追逐这头独角兽直到它气喘吁吁。夜色笼罩之中，骄傲的独角兽如同借助了魔法般飞驰，猎犬在那强烈气味的刺激下激动不已，矮人上蹿下跳健步如飞。

等到那停歇在艾尔境内最高的塔上的几只寒鸦已经能够看见太阳红彤彤的边缘从霜雪覆盖的原野尽头缓缓升起，欧里昂率领着猎狗与矮人从高地返回，抬着一只漂亮的独角兽兽头——任何独角兽猎手都梦寐以求的一只上好的独角兽兽头。猎狗全都累坏了，但是兴致高昂，很快它们就回到了狗舍里，蜷缩着歇息去了。欧里昂也回到床上休息了。而鸽子棚里的矮人们，则开始体会到时间流逝带来的沉重与疲惫——除了乐乐乐，其他矮人从未有过这样的感受。

那一整天，欧里昂都在睡觉，猎狗也睡得很香，谁也不去费心思考怎样睡觉或者为什么要睡觉。而矮人们则睡得很不安稳，他们想比先前更快地陷入睡眠，满心希望能够逃避时间的某种狂烈的伤害。他们担心时间已经开始伤害他们了，就在那个晚上，猎狗、矮人以及欧里昂都还在酣睡，艾尔议会的成员再次聚集到了纳尔的铁匠铺子里。

这十二位老人笑容满面，搓着双手从铁匠铺子进入到内室。强健的体魄、凛冽的北风以及乐观的预感，使得他们面色十分红润。因为，最终他们的王确实是拥有魔力的，这让他们很是满意，并且预测着艾尔王国未来的宏图伟业。

纳尔按老习惯称呼他们为“乡亲们”，对他们说道：“咱们和咱们的山谷，最后不是挺好的吗？看看，这不正是我们老早以前计划的那样嘛！我们的王会魔法，就像我们希望的那样，魔法生物从那边过来找他了，还全都服从他的命令。”

“正是这样呀。”大家都这么附和道。只有牛肉小贩佳滋克默不作声。

艾尔是个地处偏远的古老小国，隐藏在深谷中，一直以来都默默无闻。而这十二个人热爱这片土地，希望让艾尔扬名立万。现在他们都高兴起来，因为他们听到纳尔说道：“别的村庄哪里能同彼方往来呢？”

佳滋克也跟其他人一样开心，但他还是站了起来，打断了欢乐的气氛。他说：“很多来自彼方的奇怪事物出现在了我们的村庄里。或许，还是人类最好，还是凡世的生活方式最好。”

奥丁轻蔑地嘲笑他，索尔也不屑一顾。大家都说：“魔法才是最好的呢！”

佳滋克不得不再次沉默下来，不再出声与大家争辩。大家又添了一轮蜂蜜酒，纷纷说起艾尔的名声，连佳滋克也忘记了自己的情绪，忘记了那份情绪中包含的恐惧。

他们一直情绪高涨，痛饮蜂蜜酒直至深夜，借着微醺的酒劲儿展望着未来的岁月，直到他们再也预想不出什么了。然而，他们欢庆的声响不大，交谈的嗓音也不高，免得让神父听见。因为他们的喜悦来自于无法救赎的地方，他们指望着魔法，而大家都心知肚明，神父的圣钟无论在夜里何时响起，传出的每一个音符都是与魔法相对立的。低声赞美魔法的聚会一直到很晚才结束，他们悄悄溜回各自的住所，因为他们很怕神父施于独角兽身上的那种诅咒，而且也不能确定，那些针对魔法生物的诅咒中会不会有哪一个还包含了他们自己人的名字。

第二天，欧里昂让他的猎犬休息了整整一天，矮人一族和艾尔的村民则是互相观望。但是，随后的那一天，欧里昂带上宝剑，集结起一整队矮人和猎犬，再次出发穿越重重高地，来到朦胧的乳白色结界，潜伏下来等待傍晚时分独角兽群的现身。

他们在结界边缘选了一个新的地方。尽管他们上次狩猎仅仅是三夜之前，但这次的选址与上次狩猎的地点相距很远。矮人们七嘴八舌地给欧里昂指明方向，因为他们十分清楚孤傲的独角兽经常出现在哪里。接下来，尘世的暮色无声无息地漫过天地，直到万事万物都变得模糊迷蒙，与暮色融为一体。他们没有听到独角兽一丁点的脚步声，也不见丝毫白色的影子。但是，矮人们确实给欧里昂指了个好地方。因为，就在他快要失去信心以为今晚准会空手而归的时候，一只独角兽从暮光结界中现身，踏入了凡世的这一边。就在片刻之前，那里还是空无一物。很快，这只独角兽就慢慢地在凡世的草地上走出了好几码远，进入到了人类的领地。

第二只独角兽紧随其后，也走出了几码远；接着，它们在那里站了一会儿，按凡世的时间计算有差不多十五分钟，一动不动，只有耳朵不时转来转去。自始至终，矮人们控制着每只猎狗，躲藏在凡世一处树篱之下，一声不响，纹丝不动。黑暗恰到好处地隐藏起了它们的身形，直到最后独角兽开始挪动起脚步。等到最大的那只独角兽距离结界足够远的时候，矮人们立即放开了每一只猎狗，随着狗群一起冲出去追逐那只独角兽，同时轻蔑地尖叫着，觉得那只独角兽已然是囊中之物了。

尽管矮人们已经从凡人那里学到了不少东西，但是他们那机敏的小脑袋尚不知晓月亮有多么变化多端。他们还不能适应黑暗，很快就跟丢了猎狗群。欧里昂急于狩猎，等不及挑选一个适合狩猎的夜晚：今夜完全没有月光，而且月亮直到拂晓都不会出现。很快，欧里昂也落在了后面。

他吹起号角。黑暗中四散跑动的矮人吵吵嚷嚷，但一听到号角声他们就纷纷聚拢过来。然而，没有一只猎狗愿意为了响应人类的号角声就放弃那种辛辣神秘的气味。直到第二天它们才零零散散地回来了，独角兽也给跟丢了。

狩猎过后的那天傍晚，每一位矮人都为自己的猎狗洗澡、喂食，铺好一小簇稻草让它们睡下，理顺它们的毛发，给它们挑出被扎进脚里的荆棘，并且解开耳朵上的毛结。这时候，乐乐乐独自一人坐在一边，机智敏锐的小脑筋转得飞快，就好像凹透镜将光线聚焦成一个白亮的光点。他就这样坐了好几个小时，思考着一个问题。这个让乐乐乐反复思量直至深夜的问题就是：怎样才能不用狗就在夜里猎取独角兽呢？直到午夜，他那精灵脑袋里形成了一个清晰的计划。

Chapter 29

沼泽居民魅惑有加

接下来的那个傍晚，天色渐暗的时候，有一位旅人走近了沼泽地带。这位旅人很是醒目，但这里荒无人烟，并没有人看到他。这片沼泽位于艾尔国度的东南方，毗邻农庄，荒地一直延伸到天际，甚至越过结界进入了精灵国度。当光明离开那片荒地时，沼泽正微微地闪着光。

那位旅人穿着庄重的衣服，戴着一顶高高的礼帽。他的服饰全是极为沉郁的墨黑，即使衬着暗绿的原野，也能离着老远就看见他在沉沉暮色中沿着下坡一路走向沼泽的边缘。但是这个时候，已经没什么人在那偏僻的地方逗留了，因为凡世已经感受到了黑暗的威胁，耕牛已经回栏，农人们也都回到了温暖安逸的屋里。所以，那位旅人形单影只。很快，他就踏上了通向芦苇荡和灯心草丛的神秘路径，那里有风喃喃地讲述着对人类而言毫无意义的故事、历史悠久的苍凉之地，还有关于雨水的古老传奇；旅人回望身后，远远地，开始有万家灯火闪现在渐渐没入黑暗的高地上。他以一种庄严肃穆的姿态走着，一个身担重任的人就该是这样的姿态；他背对着人类的房舍，向着无人涉足的地方走去，那里没有人类的村庄，连一间人类小屋都没有，因为沼泽直接延伸到精灵界去了。在旅人面前，直至那隔绝人世与精灵界的朦胧结界，中间什么人都没有，但是旅人仍然保持着严肃的神情，一副任重道远的样子。每当他庄重肃穆地踏出一步，颜色鲜亮的苔藓就阵阵战栗，沼泽似乎要将他吞没，他那贵重的手杖也深深地陷入淤泥，丝毫起不到支撑作用。但是，旅人似乎一点也不在意，只是费心维持自己步态的庄重。就这样，他以凝重缓慢的步伐穿过死寂的沼泽，就好像老人们在特殊的节日里开放集市的时候，由最庄重的人为买卖祝福，随后所有的农人踱进货棚讨价还价。

鸣禽归巢，忽高忽低地在空中绕过沼泽的边缘回到自己的领地。鸽子向着陆地飞翔，返回树冠高处黑暗笼罩下的栖息之枝。最后一群白嘴鸦也已经消失不见，空中再无一物。

现在，整个沼泽地带都因为陌生人的到来而兴奋起来，因为每当旅人在那片池中繁盛鲜亮的苔藓之上踏上庄严的一步，苔藓的根须之下，灌木的枝干之下，就会有一阵颤动传过，像光一般迅疾地传过水面之下，或者，像一阵歌声远远地响彻沼泽，颤抖着抵达那充满魔力的暮光结界，那人世与精灵界的分隔之处。扰动结界之后，这阵战栗也没有止步，而是穿越结界进入了精灵国度：因为在那广阔沼泽与尘世相接之处，结界比别处的更薄，也有着更多的不确定因素。

一感知到沼泽深处的震动，簇簇磷火就立刻高高低低地飞出深不可测的安身之处，闪烁着光芒召唤旅人前来。此时有野鸭飞过，磷火惊起，飘悬在颤抖的苔藓之上。伴着野鸭欢腾扑扇翅膀的风声，旅人追随着飘忽不定的光芒，在沼泽中渐行渐深。但有时候旅人也转身背向磷火前行，于是有那么片刻反而是磷火追着他（而不是像惯常的那样磷火引着人前行），直到磷火再次绕到旅人面前指引着他。若是这又黑又危险的地方还有人在，不消片刻他就会注意到这位可敬旅人的举动是多么奇怪，就好像春天里的一只母凤头麦鸡，引诱着陌生人远离苔藓覆盖的河岸边她自己下蛋的地方。也可能根本就不像，旁观者也未曾注意到这样的事情。无论如何，在那个晚上，在那个荒凉的地方，根本没有什么人看到这一切。

旅人沿着自己奇怪的路线前进着，时而向着危险的苔藓深处，时而向着安全的绿地，但始终姿态庄严，步履虔诚，无数磷火围绕在他身边。那种深深的震颤仍在继续，灯心草之下的软泥传递着有规律的悸动，向沼泽警示着陌生人的到来。这样的悸动直到陌生人死去方可停止，否则便犹如魔法加持的永恒的音乐回声萦绕在沼泽之中，甚至连精灵界中的磷火也受到了扰动。

我根本无意写下任何诋毁磷火的文字，或是任何可能被看作是轻视他们的文字：我的作品不应当被赋予这样的释义。但众所周知的是，沼泽中的居民将旅人们引向厄运，并且几个世纪以来都乐此不疲。请允许我不带任何反对意味地提及这一事实。

在这位旅人的身边，那些磷火愤怒地加倍努力，但他巧妙地识破了磷火的诱惑，堪堪躲过最危险的水塘，不仅活得好好的，还继续前行。这时，整个沼泽都知道了。于是，居住在精灵界的更加明亮的磷火从其魔法泥淖中升起，急速地冲过了边境。整片沼泽都陷入了动荡。

沼泽的居民几乎像是一颗颗小小的月亮，灵活又冒失地在严肃的旅人面前闪烁，将他庄重的步履引向死亡的边缘，重演他们的舞步，只盼再把他吸引回来。接着，尽管他的帽子那么高，外套又那么黑那么长，但轻飘飘的沼泽居民还是注意到，从未支撑起任何旅行者的苔藓正承担着他的重量。这使得他们更加气愤，跳跃得离他越来越近，越来越近。无论他往哪里去，他们都成群结队地越靠越近。由于愤怒，他们的诱惑开始变得更加直接强硬。

现在，要是沼泽中有人看到的话，他看到的可不只是一个磷火缠身的旅行者，他可能会注意到，这位旅人差不多是在引着磷火走，而不是被磷火引着走。磷火迫切地希望旅人丧命沼泽，却没能意识到他们自己正在逐渐地靠近干燥的陆地。

一切都隐没在黑暗中，只有水面还反射着微光。他们突然意识到自己已经来到了一片草地上，双脚摩擦在粗糙的牧草中，而那位旅人则坐在那里，蜷曲双腿支着下巴，从黑色高帽的帽檐下注视着他们。从未有人能将沼泽居民引诱到陆地上来，更别说那天晚上他们之中还有许多最年长、最伟大的沼泽居民，他们来自结界彼方的精灵界，莹莹发光犹如皎月。沼泽居民面面相觑，惶恐不安，无力地落在草地之上，因为离开沼泽后，

粗糙坚实的土地正压迫着他们。随后他们开始觉察到，那位可敬旅人的明亮眼睛正从黑色的衣着之中目光灼灼地望着他们，尽管他气度庄严，但并不比他们高大多少。实际上，尽管这位旅人生得有些粗壮，但他并不是很高。沼泽居民开始窃窃私语："这个人是谁？是谁将我们磷火引诱至此？"他们当中，有几位来自精灵界的长者走上前来，准备质问他是哪里来的胆量，竟敢这样引诱他们？接着，旅人开口了。他就那样坐在原地，头也不抬，目不斜视。

"沼泽的居民啊，"他说道，"你们喜欢独角兽吗？"

独角兽这个词，使得所有轻飘飘的沼泽居民都忘记了别的情绪，微小的心灵里充满了轻蔑与嘲笑，甚至忘记了被人引诱的愤怒之情。尽管他们坚信，引诱磷火是十分严重的侮辱，而且只要记得就永不原谅。听到独角兽这个词，他们都无声地笑了。他们表达情绪的方式是忽高忽低地摇曳闪烁，像是粗鲁的人手里拿着一面小镜子不断地反射着光线。独角兽！他们对这种高傲自大的生物可没什么好感。真该让他们学学，到人家水塘饮水的时候要怎么跟沼泽居民说话。真该让他们学学，怎样向精灵界里的明亮光芒致敬，怎样向点亮尘世沼泽的微暗光芒致敬！

"不喜欢，"一位磷火长者答道，"没人喜欢骄傲的独角兽。"

"那就跟我来吧，"旅人说，"我们可以去猎取独角兽。夜里，当我们带着狗在人类的土地上狩猎独角兽时，你们可以用光芒为我们照亮。"

"可敬的旅行者啊，"磷火长者应道，但是话音未落，旅行者就扔掉了自己的帽子，从长长的黑色外衣中跳了出来，赤身裸体地站在磷火面前。沼泽居民发现，原来是一个矮人捉弄了他们。

于是沼泽居民就不那么生气了。因为，千百年来，沼泽居民总是捉弄矮人，矮人也总是捉弄沼泽居民，他们相爱相杀好多年了，只有他们当中最聪明的人才说得出来谁捉弄对方更多一点，多捉弄了多少次。他们想着矮人们三番五次被自己捉弄得丑态百出的样子，以此权作安慰，随后便同意了用自己的光芒去协助狩猎独角兽。他们站在干燥土地上时意志比较薄弱，很容易听取别人的建议，或者接受别人的想法。

这样捉弄了磷火的正是乐乐乐，他清楚地知道这些沼泽居民十分热衷于引诱旅行者。而且，他偷来了他能弄到的最高的帽子和最庄重的大衣，设下了诱饵，他知道这会将磷火从遥远的地方吸引过来。现在，他已经把他们聚集在了坚实的土地上，也得到了他们的承诺，要用自己的光芒来协助狩猎独角兽；由于独角兽过于骄傲，这些磷火一族会很乐于贡献出光芒的。乐乐乐开始将他们引向远处的艾尔山村，起初十分缓慢，要让他们的双脚渐渐习惯坚实的陆地，他引着他们蹒跚地穿过山野，走向艾尔。

现在，所有的沼泽中再也没有了和人类相似的生物了，大雁扑着硕大的翅膀飞落下来。娇小而敏捷的水鸭迅疾掠向巢穴，翻飞的翼翅搅动着黑暗的空气。

Chapter 30

过多魔物降临人世

艾尔，曾一度因为没有魔法而叹息不已的艾尔，如今真的有了魔法。马厩上的鸽棚和旧木棚全都住满了矮人。万籁俱寂的夜里，人们早已回家安歇，这时路上就全是矮人滑稽的身影，大街小巷光芒上下翻飞，因为磷火沿着水沟在跳舞，还把家安在养鸭塘周围的柔软塘泥里、陈年茅草上的墨绿青苔中。古老的村庄里，似乎一切都不一样了。

欧里昂有着一半的魔法血统。当他每天行走在凡人之间，聆听着俗世间的谈话，这种血液就沉睡着；而当他身处魔法生物之间，这种血液就从长梦中醒转，唤醒他头脑中沉睡已久的思绪。他耳中那经常在傍晚时分吹响的精灵号角如今有了意义，而且那声音越来越响，似乎正在逐渐接近。

村民们发现，他们的王白天就望着精灵界的方向，对人世间的繁杂事务漠不关心。而晚上则有古怪的光芒闪现出来，还有矮人的私语传来。艾尔村民渐渐陷入了恐慌。

这时，艾尔议会再次开会商讨。胡子花白的十二人结束了白天的工作后提心吊胆地来到了纳尔家，新近出现的魔物使得整个夜晚都古怪异常。他们当中的每个人都在从自己温暖的家中跑到纳尔铁匠铺的路上看到了跳跃的光芒，或是听到有声音窃窃私语，这一切都绝非凡世人间所有。有人甚至看到了不属于凡间生物的奇怪影子，鬼鬼祟祟地四处游荡。他们担心，各种各样的生物都已经悄悄溜过精灵界的结界来拜访那些矮人。

议会中的所有人都压低了声音：现在所有人都在讲述同样的故事，孩子们惶惶不安，妇女又再次渴求原先的方式。他们一边谈话，一边瞟着窗户和墙缝，没人知道会出现什么。

奥丁说道："我们大家去觐见欧里昂国王吧，就像以前我们曾去那间长长的红色房间里觐见他的祖父。我们就说，我们以前是多么渴望魔法，瞧瞧，现在我们有够多的魔法啦！然后请他别再寻求巫术，或是其他什么人类不可见的生物了。"

他站在沉默的邻居同僚们之中，敏锐地听到了什么声音。是地精嘲笑他的声音吗？还是说只是个回声？谁说的准呢！几乎就在那一瞬间，周围的夜再次安静下来。

索尔说道："不行。现在已经来不及了。"有天傍晚，索尔曾看到他们的王独自站在高地上，一动不动，双眸凝视着东方，聆听着精灵界传来的某种声音，但当时没有任何声音，一丝响动也没有；然而欧里昂伫立在那里，某种超脱凡世的声音正召唤着他。"现在已经太迟了。"索尔如是说。

而这正是所有人都害怕的。

歌西卡缓缓站起身来，靠在桌边。矮人们在鸽棚上像蝙蝠一般窃窃私语，苍白的沼泽幽光忽明忽暗，暗处有奇怪的身影倏忽溜过，噗噗的脚步声时不时传入屋里那十二人的耳中。歌西卡说道：“我们只想要一点点魔法。”这时清晰地传来了一阵矮人的私语。接着，他们争辩了一阵子，关于以前艾尔还是欧里昂祖父当政的时候他们想要的到底是多少魔法。但最终，他们就一个方案达成了一致，那就是歌西卡的方案。

“如果我们不能改变欧里昂国王，不能扭转他望向精灵界的目光，”他这样说道，“那就让我们议会的所有人一起上山去找女巫辛黛萝尔，把我们的情况讲给她听，然后向她讨一个能够对抗过多魔物的咒语。”

一提到辛萝黛尔的名字，这十二个人就再次振作起来。因为他们知道，她的魔法比闪烁的幽光更厉害，矮人和昼伏夜出的生物无一不畏惧她的扫帚。他们重新振作起来，又大口痛饮起纳尔的蜂蜜酒，然后重新满上杯子，向歌西卡致意。

夜深了，他们一齐站起身来，一起回家，一路都注意挨近彼此，还唱着庄严古老的歌曲以吓退他们畏惧的那些东西。尽管，嬉皮笑脸的矮人、磷火或是其他危害人类的生物都对此毫不在意。当最后只有一人剩下时，他撒腿便跑向自己家，磷火追在他身后。

次日，他们早早结束了自己的工作，因为艾尔议会的所有人都刻意避免天黑之后逗留在那女巫的山头，甚至希望天色变暗之前就离开。那天下午，议会中的十一个人很早就在纳尔的铁匠铺外集合，然后叫上纳尔。所有人都穿上了休息日去神父圣所时穿的衣服，虽然女巫祝福的恰恰是那些被神父诅咒的灵魂。十二人拄着粗壮的旧手杖，向山顶走去。

他们尽可能快地来到了女巫的小屋。在那里，他们看到女巫正坐在门口，注视着远处的山谷，看起来既没有变老也没有变年轻，对岁月的来去也全然不萦于怀。

“我们是艾尔的十二人议会。”他们站在女巫面前，衣着庄严肃穆。

“是了。”她应道，“你们想要魔法来着。魔法降临到你们那里了吗？”

“是的，”他们回答，“我们侥幸得以活命。”

“还有更多魔物要来到呢。”她说。

“巫祖婆婆，”纳尔说道，“我们到这里来是向您祈求，希望您能给我们一个好咒语，能用来抵挡魔法，这样山谷里就不会有太多魔物了，因为现在到来的魔物已经太多了！”

“太多了？”女巫说，“太多魔物了！就好像魔法不是生活的调剂与精髓，不是生活的装饰与光彩似的！以我的扫帚起誓，我才不会给你们什么对抗魔物的咒语呢！”

“啊，巫祖婆婆！”歌西卡说道，“来到的魔物确实太多了，本该留在精灵界的生物都越过了结界。”

“不止如此呢，”纳尔说道，“结界已经损坏，魔物没个尽头！磷火应当待在沼泽，矮人和地精应该待在精灵界，而我们人类还是应当跟人类待在一起。这就是我们所有人的一致想法。至于魔法，若是我们多少有点想要魔法，那是多年以前我们还年轻时候的事了，魔法还真不是人类该碰的。”

女巫静静地盯着他，双眼里逐渐闪现出猫一样的光芒。她既没动弹也没说话，这时候纳尔又再次恳求她了。

“巫祖婆婆啊，”他说道，“您真的不给我们咒语来对抗魔物、保卫家园吗？”

“坚决不给！”她嘶声道，“坚决不给咒语！我以扫帚发誓、以星辰发誓、以午夜飞行发誓！谁知道你们会不会把地球那古老相传的至宝抢走？会不会抢去宝物让她赤裸裸地受其他星球的蔑视？要是没了魔法，我们该多可怜啊，正是有了魔法，我们才有了充足的底气，来面对来自黑暗和宇宙的妒意。”她坐着没动，但向前探过身子，魔杖戳在地上，她用那双愤怒的眼睛定定地仰视着纳尔的脸。“我宁愿，”她开口道，“给你一个对抗水的咒语使这整个世界都渴死，也不愿给你一个咒语抵挡每天傍晚隐约听到从山脊上流淌而下的溪流之歌，就算最警觉的人也听不到那微弱的声音，那贯穿一个个梦境的歌声，让我们了解河流精灵的古老战争与逝去之爱。我宁愿给你一个对抗面包的咒语让全世界都饿死，也不愿给你一个咒语来抵挡那金色麦田的魔法，在七月的月光中，有多少人类未知的生灵在温暖而短暂的夏夜游荡过那麦田。我宁愿给你一个咒语，抵挡你们的衣食住行，驱走温暖与舒适，是啊，我宁可给你这样的咒语，也不愿意将魔法从地球上这一片片可悲的原野中剥离，对于这些原野而言，魔法就像是宽大的斗篷能够抵御来自虚空的寒意，又像是色彩鲜亮的服饰，承受着莫须有的嘲讽。”

“你们走吧，回你们的村子去。你们年轻时寻求魔法，年长时却不再想要。你们该知道，灵魂的盲目要比眼睛的盲目更

加黑暗，使得你们陷入黑暗，什么也看不见，什么也感觉不到，无法知道任何东西，也无法理解任何东西。任何发自那种黑暗的声音，都不能诱惑我赐予一个对抗魔法的咒语。就这样！”

话音未落，她便将全身的重量压在魔杖上，显然是准备从座位上站起来。议会的十二个人感到一阵强烈的恐惧。他们注意到，就在这一刻黄昏开始降临，所有的山谷都渐渐暗了下去。在女巫种卷心菜的这片高地之上生出了些许游移的光芒。此前他们一直听着她那激烈的言辞，没注意到时间。但是现在，很明显天色已晚，一阵风从他们身边掠过，似乎是从稍远处的山脊那边吹来的夜风，让他们打了个寒战。每一寸空气似乎都已经染上了魔法——他们寻求咒语以对抗的魔法。

这个时候，他们还站在那里，女巫就在他们面前，而且明显正要起身。她的双眼紧盯着他们，她已经从椅子上站起来一点了。毫无疑问，也就是不到三次眨眼的工夫，她就要在他们中间蹒跚走过，目光灼灼地盯着他们每个人的脸。他们立即转身跑下山去了。

Chapter 31

精灵界万物的诅咒

艾尔议会的十二个人一路跑下山，消失在黄昏的暮色之中。溪流之上升起灰沉沉的雾气，弥漫在山谷之中。但除了暮色的神秘，还有其他东西使空气变得凝重。屋舍的灯光早早开始闪烁，可见所有人都闭门不出，俗世的一切都已经撤离了街巷。四周静谧无声，这十二个人的步子几乎可以说是鬼鬼祟祟的。他们发现，欧里昂国王像是一片高大的阴影向着矮人的居处掠去，满心都是不属于凡世的想法，磷火紧随在他身后。与日俱增的诡异之处使得村庄越发可怕。十二名长者急匆匆地赶路，呼吸短促而紊乱。

就这样，他们来到了牧师的圣所。圣所位于村庄的边缘，朝向女巫的小山。这个时候，牧师通常都在主持歌唱“归鸟之歌”，也就是当飞鸟归巢之后人们在圣所中歌唱的曲子。但是牧师并不在圣所中：清冷的夜风中，牧师站在台阶顶层，面向精灵界。他的圣袍上有着紫色的镶边，脖子上挂着金色的徽章；但他的圣所却大门紧闭，而他自己则背向圣所。看到神父这样站在那里，他们十分惊奇。

正当他们惊奇不已时，神父开始吟诵，暮色中神父声音清朗，目光远远地望向东方，几颗最早出现的星斗已经升起。神父高高地昂着头，那姿势就好像他的声音能够穿透暮光结界，让精灵界的居民都听到一样。

神父说道：“诅咒所有漫游的生灵，他们的归属之地非凡世所有。诅咒所有栖居在沼泽泥淖中的磷光，他们的家园在湿地深处。让他们永世不得离开那里，直到世界末日。让他们留在该去的地方，等待永堕地狱。

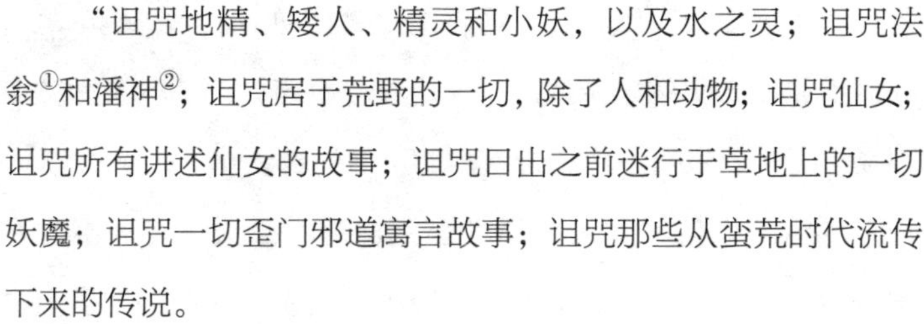

“诅咒地精、矮人、精灵和小妖，以及水之灵；诅咒法翁[①]和潘神[②]；诅咒居于荒野的一切，除了人和动物；诅咒仙女；诅咒所有讲述仙女的故事；诅咒日出之前迷行于草地上的一切妖魔；诅咒一切歪门邪道寓言故事；诅咒那些从蛮荒时代流传下来的传说。

“诅咒那些本该放在灶边却挪作他用的扫帚；诅咒女巫和一切巫术。

“诅咒精灵环[③]，诅咒毒菌圈里跳舞的任何东西；诅咒千

---

① 法翁（Faun）：在罗马神话中，是指主管畜牧的神，半人半羊，生活在树林里。（译注）

② 潘神（Pan）：又称为牧神。专门照顾牧人和猎人、以及农人和住在乡野的人，希腊神话中司羊群和牧羊人的神。（译注）

③ 精灵环（toadstool ring）：又译为蘑菇圈、仙人环。蘑菇的菌丝由中间一点向四周辐射生长，时间长了会形成自然的菌丝体环，并在草坪上长成逐年扩大的蘑菇圈，过去很多传统的欧洲人都认为它是仙人或精灵跳舞留下的痕迹。（译注）

奇百怪的光芒、歌曲、阴影，诅咒所有暗示这些的流言蜚语；诅咒黄昏中所有可疑的生物；诅咒所有误导孩童恐惧的玩意、老妇人的故事，还有仲夏夜里做的事；诅咒一切偏爱精灵界的人，诅咒一切一切来自精灵界的生灵。”

那村子里的小路和谷仓之上，处处是敏捷舞动的磷火，似乎将夜色都镀了金。但那虔诚的神父一开口，它们就向后漂移着躲开那些诅咒，就好像一阵微风将之吹散了，复又在稍远处再次起舞。神父站在圣所前的台阶上，磷火在他四周忽进忽退。因此黑暗包裹着神父周身，而那圈黑暗之外闪烁的是来自沼泽和精灵界的磷火。

在那黑暗中，神父发出诅咒，愿世上不再有玷污与亵渎，不再有来自黑夜的魔物，不再有未知之音窃窃私语，也不再有任何不属于人类的乐音飘来。一切井然有序，宁静不再为神秘事物所侵扰，只留下应许给人类的那份神秘。

尽管虔诚的神父用激昂的诅咒击退了磷火，在周围营造出一圈黑暗，但在这黑暗之外，磷火沸腾了，夜色中许多魔物从精灵界涌入，地精欢庆犹如盛大的节日。因为精灵界里已经传开了，快乐的居民如今已经在艾尔安家落户，许多预言中的生灵和神话中的怪物已经溜过暮光结界，来到艾尔国度一睹为快。鬼气森森的空气中，轻巧缥缈的磷火凭空起舞，友好地欢迎他们。

吸引这些生灵穿过人迹罕至的结界从传说之地来到人世的，不仅仅是矮人和磷火，还有欧里昂的思绪与渴望——他有一半的血统就来自精灵界魔物中的一种，与种种神秘生物相通，如今正召唤着它们。自从那一天他来到结界，往来于人世和精灵界之间，他就越来越思念自己的母亲。如今，无论他是有意还是无意，他的精灵之思都召唤着他那居住在精灵地带的亲族。当精灵界中响起号角声，那些魔法生灵就随之跌跌撞撞地穿过暮光结界来到人世。因为，他的精灵之思与精灵界的生灵如此相似，就像地精与矮人的关系一样亲密。

虔诚神父的诅咒营造出平静与黑暗。十二长者默然静立，倾听着神父的每一句话。他的话听起来似乎非常令人慰藉，很合他们的心意，因为他们实在是对魔法厌倦透了。

但在那黑暗的圈子之外，磷火的光晕映亮每一处夜色，地精放声大笑，矮人纵情欢乐，古老的传说似乎有了生命，最骇人听闻的预言也成了真，到处是各种各样神秘的事物，离奇的声响，奇怪的形状，怪异的阴影。而欧里昂带着他的猎犬穿过这一切，向东去往精灵界。

Chapter 32
莱拉泽尔渴望尘世

在那由月光、梦境、音乐和幻象构筑的大厅里，莱拉泽尔跪在父王宝座前微光闪烁的地板上。魔法王座发出蓝色的光芒映在她的眼眸中，而她眸中反射的光芒又加深了王座的魔力。她跪在那里，向父王恳求一个咒语。

旧日时光不会离她而去，甜蜜回忆盈满心怀：精灵界的草坪承载着她的爱，她曾在那些草坪上躺在古老神奇的花朵边玩耍，那时此处还未写就任何历史；她喜爱友好温和的神秘生物，它们在守卫森林之外倏忽掠过魔法草坪，犹如魔幻的影子；她喜爱构筑这精灵界家园的每一个寓言故事，每一首歌，每一个符咒；可是，无法穿越静谧暮光结界的人世钟声在她脑海中声声回响，她的心底能感受到小小尘世花朵的生长轨迹，随着不曾传入精灵界的季节变迁而开花，继而凋零，陷入沉睡，周而复始。春去秋来，莱拉泽尔日益消沉，她知道艾瓦瑞克离家流浪，知道欧里昂长大成人又渐渐改变，而且，如果凡世的传言并非虚构，那么她很快就会永远永远地失去他们两个了，那时金灿灿的天堂之门将在他们身后重重地关上。精灵界与天堂之间是无路可通的，无法飞去，也无法走到，双方也互不派遣使者。莱拉泽尔渴望再听到凡世的钟声，再见到凡世的樱草，但又不愿意再次离开威严的父王，也不愿意离开由父王神思构筑的世界。艾瓦瑞克不曾再来，她的儿子欧里昂也不曾来，只有那么一次，远远地传来了艾瓦瑞克的号角声。似乎常有古怪的思念萦绕在空气中，徒劳地在她和欧里昂之间往来不息，冲击着彼此。如果穹顶不是悬浮在立柱之上，而是由闪光的立柱支撑着，那么穹顶也会随着莱拉泽尔的悲伤而微微摇撼。她的悲伤投下了阴影，在水晶墙壁上闪现，随后又渐渐隐入深处。那悲伤的阴影使得我们这里的田野中许多未知的色彩都有了片刻的暗淡，但却不减其可爱。她能怎么办呢？她不愿意抛弃魔法离开家园，当人间已是几世纪时光倏忽消逝，如树叶在枝头凋零，精灵界却仍是她所心仪的永恒的一天。但那些细小的凡世之蔓仍然占据在她的心头，它们已经足够强韧了，难道不是吗？

用尖酸刻薄的世俗语言来说，她那悲苦的渴求简直就是想脚踏两条船。还真说对了，这个不现实的愿望让人一听就觉得好笑，但对她来说却实在是催人泪下。因为她已经完全哭成个泪人儿了。不可能？确实不可能吗？我们不得不求助于魔法了。

她跪在精灵界最中央的魔法地板上，向父王祈求一个咒语。在她身边矗立着许多立柱，唯有歌谣中才有提及过它们，而如今那暗淡的柱体在莱拉泽尔的悲伤中纷乱不已。她祈求得到一个咒语，能够将她的艾瓦瑞克和欧里昂带回她的身边，无论他们身在尘世何方，都能引领他们穿过结界，来到精灵国度，定居在精灵界这永恒之日里。她还祈祷，让人间的美景与他们同来（因为她父王的至尊魔咒连这样的魔力也能实现），比如某种尘世花园，或是紫罗兰盛开的河岸，或是野樱草摇曳的空谷，让这美景在精灵界永远闪耀。

她的父王用精灵之音回答她，那嗓音如同仙乐，人类的城市中无法听闻，尘世的山野间更无以想象。他的声音回响着，其魔力足以改变幻梦之山的形状，或是召唤新的花朵在仙境之地盛开。他说道："我的其他咒语都无力穿透结界，也不能诱使俗世的任何东西穿过暮光结界，无论是紫罗兰、野樱草还是人类——那暮光壁垒是我布置开来，保卫我们自己不受物质世界伤害的。我只有唯一一个魔咒能够做到这一切，那是我们精灵国度最终的力量。"

莱拉泽尔再次跪倒在闪光的地板上，那地板深邃而剔透，唯有歌谣才能描述得出。她向父王祈求那个魔咒——那最终的力量，尽管它是精灵界可怕的神迹。

精灵王不愿意浪费锁在他宝箱中的魔咒，那是他三个至尊魔咒中仅存的一个了，也是魔力最强的一个。他要用它来抵御来自遥远未知之时的危险，那危险的光芒就在一处岁月转折之处闪烁，即使以精灵王的先知之智，对那可怕的预见而言也是太过遥远了。

她知道，父王已经将精灵界迁到了远方，让精灵界悠悠荡荡犹如潮汐随着月相起起落落，直到再次与人间的田野接壤、闪烁的边界触碰到凡世树篱的尖端。她也知道，他不过是向月亮施了一个稀有的魔法，只用了一个魔法手势就让他的领地飘荡起来。那么，难道他不能用一个比月亮在小潮时用的更稀有的魔法，让精灵界和人界更接近吗？因此，她再次恳求父王，回忆着那些他未用的任何稀有的魔咒，不过手臂一挥就已然铸造的种种奇迹。她说起魔法兰花曾经从峭壁上蜿蜒而下，犹如玫瑰色的泡沫漫过精灵界的山脉。她说起一簇簇柔和的淡紫色奇花，在林间谷地的草丛间怒放；她还说起永远守护草坪的花丛所绽放的光彩。这一切神迹都是父王所创，草长莺飞之类都是他的灵感。如果鸟鸣花开这样的神迹都能够挥手创造，那么他肯定也能从那紧邻着结界的凡世土地中召唤过来些什么。又或者，他一定能再将精灵界向俗世移动一点，他最近把精灵界移到了彗星路径的转角处那么远，还再一次将它移到了人类世界的边缘。

精灵王说道：“除了那一个至尊魔咒，再也没有任何符文、任何咒语、任何神迹、任何魔法，能够将我们的领土移动到人世边境那儿哪怕一寸之遥，也不可能从那边带来任何东西。而那边世界的人类，根本不知道这个魔咒能做到这一点。”

但她还是很难相信，父王大人所独有的魔法无法将凡世之物与精灵界的神迹轻易汇聚。

“我的魔咒，”精灵王说，“都从那些地方被击退了，我的咒语归于沉寂，我的右臂不再有力。”

见他说起自己那可怕的右臂，莱拉泽尔终于相信了他。于是她再次祈求得到那个终极魔咒——那个长久禁闭的精灵界宝

藏，那种足以抵抗尘世严苛重负的魔法。

精灵王的思绪独自飘向未来时空，窥视着接下来的岁月。即便那孤身夜行的旅人情愿丢弃自己的灯笼，这位精灵王也不情愿现在就动用自己的最后一个终极魔咒，这样浪费掉它，而不将之带入那些虚缈的年代；他看到未来时光的模糊影像，以及其中的诸多事件，但却无法看穿结局。她轻易地就开口求取那可怕魔咒，应当说那魔咒是唯一能满足她需要的东西了，若他只是凡人，他可能就轻易地答应女儿了；但是，他以大智慧观望到未来的诸多年月，若没有了最后的终极力量，他便对那未来充满畏惧。

“在我们的结界之外，”精灵王说道，“物质世界气势汹汹，强大有力，为数众多，而且有着阴郁黑化和发展壮大的力量，因为他们也有自己的奇迹。若是动用了仅存的终极魔咒，最后的力量也消失不再，我们的疆域中就再没有能让他们畏惧的魔咒了；俗世的生物就会繁衍生息，束缚住超自然的存在，而我们若是没有了人类敬畏的魔咒，那比一个寓言故事也强不了多少。我们必须保存好这个魔咒。”

精灵王没有命令女儿，而是这样晓之以理，尽管他贵为精灵王，且构筑了这个精灵世界，创造出其中诸多生灵，以及普照四方的光芒。在精灵界，讲道理可不是平常事，而是新奇的神迹。他试图通过说理来安抚女儿对俗世的遐思。

莱拉泽尔没有回话，只是潸然泪下，流下清泪有如迷人的露水。精灵界的所有山脉都战栗起来，就好像徘徊的风听到了音域之外的提琴音符而轻颤不已；居住在精灵界的所有生灵都从心底里感到某种奇异的情感，就如同一首渐渐消散的歌。

“我这样做，不是对精灵界最好的事吗？”精灵王劝道。

可她仍然只是泪如雨下。

精灵王叹了口气，再次考量着精灵界的福祉。精灵界的幸福取决于宫殿的平静，而这座仅在歌谣中传唱的宫殿正位于整个精灵界的中心；但如今，宫殿的尖塔受到扰动，墙壁的光泽也变得暗淡，从拱形的门廊中飘出的悲伤已经笼罩住仙境的原野，漫过了梦乡的谷地。若莱拉泽尔开心快乐，那么精灵界大概可以再次沐浴平静的光芒，并处于永恒的平静之中了。除了照射在物质世界，那光芒与平静能够辐射四方，赐福万物；就算他打开宝箱，用掉了魔咒，但是又有什么关系呢？还有什么事需要用到这个魔咒？

精灵王用一个咒语打开了宝箱，因为这个宝箱是无法用钥匙打开的。他从中取出一个古老的羊皮纸卷轴，举起来读出上面的文字。与此同时他的女儿仍是泣不成声。他吟唱出的魔咒，就好像，在仲夏的午夜，奇异的皎月闪耀在夜空，一支由历代小提琴大师组成的乐队隐在林间，演奏出动人的音符。空气中充满疯狂与神秘，人类智慧所未知的生灵潜伏在附近，却遁于无形。

于是，精灵王吟出那个魔咒，精灵界乃至结界彼侧的凡世人间，所有魔法都听从这个魔咒。

Chapter 33

光耀之线粼粼闪烁

艾瓦瑞克一直四处流浪，一行只有三人，孤单前行，漫无目的。对于尼瓦和善德而言，他们曾一度满怀对浪漫征途的希望，如今却已不再热衷于精灵界，现在他们的目的是想办法拦住艾瓦瑞克。他们不太容易改变主意，但是一旦有了主意就比常人更加执着。善德已经怀着对精灵界的憧憬流浪多年，如今亲见结界就在眼前，如同亲见另一个月亮一般。而尼瓦跟着艾瓦瑞克盲目搜寻受苦很久了，现在看到这片神奇的土地，比他所有梦中所见都更加难以置信。艾瓦瑞克试图说些好话来诱导那两个不假思索的脑袋，可他从善德那里得到的答案不过是简单粗暴的“那才不是月亮的意志”，而尼瓦只会重申“我做的梦还不够多么”。

他们又来到了几年前曾到过的农田。三人和他们的帐篷在这片地方已经成了传说，陈旧的灰色帐篷在暮色中看起来更加破败了，也为黄昏增添了一抹阴影。艾瓦瑞克总是被一些疯狂的目光追随着，以防他从营地里逃走，去到精灵界，那里的梦幻比尼瓦的美梦更加离奇，笼罩其上的魔力比月亮更加神秘。

时不时地，他试图在深夜里悄悄离开。第一次尝试是在一个月色皎洁的夜里，他一直醒着，伺机而动，直到整个世界似乎都陷入了沉睡。他心中知道，结界就在不远处。他从帐篷里溜出来，融入月光和暗影，越过沉沉熟睡的尼瓦。又走了一段，他看到善德正静静坐在一块石头上，定定地注视着月亮的面庞。接着善德转过脸来，他刚受到月亮的感召，于是冲着艾瓦瑞克又叫又跳。他们早已夺走了他的宝剑。这时尼瓦也惊醒了，怒火冲天地走向那两个人，出于同样的妒忌，和善德同声同气。他们俩都深知，精灵界的神迹比他们所能了解的任何幻想都强大。

艾瓦瑞克又试了一次，那是一个月黑风高的夜晚。但是那天尼瓦坐在营地外面，以一种古怪无趣的方式品味着存在于自己的胡言乱语同星夜之间的某种联系。在夜色中，他看到艾瓦瑞克溜向那片土地，那里的神迹远远胜出尼瓦所有贫瘠的梦境，他心中立刻充满了弱者对强者的愤怒。他完全没要善德帮忙，悄悄地来到艾瓦瑞克身后，重重地将艾瓦瑞克打倒在地，不省人事。

从那以后，艾瓦瑞克再也没策划过逃脱，那两个家伙却无时无刻不在疯狂地提防着他。

就这样，一方严加看管，一方受制于人，他们走过了人世的许多地方。艾瓦瑞克总是向田间的农人寻求帮助，但是狡猾

的尼瓦太了解常人的处事方式了。所以，每当有人听到艾瓦瑞克的呼喊，跑过农田来到那古怪的灰帐篷跟前，他们总能看到尼瓦和善德摆出一副屡见不鲜的平静模样，与此同时艾瓦瑞克则在讲述自己坎坷的精灵界追寻之旅。由于很多人都觉得这样的探险简直疯狂透顶，因此，正如狡猾的尼瓦预料的那样，在这里艾瓦瑞克得不到任何帮助。

多年来，他们就是按这样的队形走着，如今也是这样向回走。尼瓦担任三人当中的领队，走在艾瓦瑞克和善德的前头，瘦长的脸高高扬起，他把自己的胡须都修剪得又细又长，因而他的身形显得更加瘦长了。他佩着艾瓦瑞克的宝剑，剑柄指向前方，剑身在背后伸出好远。一路上人烟稀少，但他却保持大步流星，趾高气昂，让人以为他这么个单薄而又衣衫褴褛的人带领着的是一支更加庞大的隐形队伍。说真的，若是真有人看到了，准会以为那昏沉暮色中真的有一整支军队，因为这家伙疲惫但却又愉快又自傲，沼泽的暮色在他身后合拢。若是真有那么一支军队，那么尼瓦就是个正常人了；若是世人能够相信有这么一支军队存在，尽管他身后只有艾瓦瑞克和善德跟随着他那古怪的步子，那么尼瓦也就不算精神不正常了。但是，他的幻想完全不切实际，也没有人愿意配合，因此，他就独自沉浸在荒唐的幻想中。

善德走在最后，一直监视着艾瓦瑞克。因为他们同样嫉妒着精灵界的神迹，这份嫉妒使得尼瓦和善德团结一致，配合默契。

一天早上，尼瓦使劲挺直了身体，让本就瘦长的身躯尽可能舒展到最高，又高举右臂，向自己的部队宣布：“我们又一次接近艾尔了，我们要带回新的幻想，来代替那些陈旧腐朽的东西。从今以后那里的生活方式将会同月亮上的一样。”

尼瓦其实一点也不关心什么月亮，但是他老奸巨猾，知道善德就算只为月亮也会赞同他这个针对艾尔的新计划的。果然，善德欢呼起来，直到回声都从一片孤山那儿荡了回来。尼瓦对他们笑了笑，就像一个对自己领导才能十分自信的领袖。艾瓦瑞克提出了异议，最后一次试图反抗尼瓦和善德，但却意识到自己已经无力反抗这二人的疯狂力量，可能是年纪不饶人，也可能是由于多年的流浪，或者丧失希望。这之后，他完全放弃了，只是更加温顺地跟着他们，不再关心自己的命运，只为过去的时光而活。十一月的凛冽傍晚，在这昏暗的营地中，他回顾着过去的岁月，却看到了春日的晨光再次闪耀在艾尔的塔上。在这样的晨光中，他又看到了欧里昂，还在玩着女巫用咒语制作出的旧玩具；他看到莱拉泽尔再次穿行在雅致的花园中。然而，记忆燃起的光芒并不足以照亮阴暗夜色中的营地，彼时潮气已从地面升起，寒冷自空气中渗出，随着夜色悄然逼近，尼瓦和善德开始低声地热切讨论他们的密谋，荒野的暮色中各种奇思妙想不断滋生，给他们的计划带来新的启发。当悲伤的一天完全过去，艾瓦瑞克躺在那里，听着帐篷上垂落的破布条发出的扑打声，唯有此时，忙碌多事的白天再也阻挡不住记忆喷涌而出，他才能再次置身于艾尔，那里阳光明媚，青春洋溢，充满欢声笑语；因此，他虽然身处遥远的异乡，安静地躺在冬日的黑暗里，但他心中最鲜活的思绪却全都回到了艾尔的世界，

回到了多年前的春天，回到了莱拉泽尔和欧里昂的身边。

艾瓦瑞克不知道自己已经走了多少路程，也不知道离家多远了，因为每天晚上那些快乐的想法使他忘记了身体的疲惫。他们曾在野地里搭起灰色帐篷，但是时隔多年，如今那里只剩下了帐篷碎片。但是，尼瓦知道他们这几天已经渐渐接近艾尔了，因为现在他入睡不久后就会梦到艾尔，而以前关于艾尔的梦总要来得迟些——他要过了午夜，甚至接近黎明时分才会梦到艾尔。据此，他认为他们以前可谓长路漫漫，但现在已经近在咫尺了。一天傍晚，他偷偷地对善德说了。善德认真地听着，但没发表意见，只是说了句“月亮知道”。不过，他还是会追随尼瓦，是尼瓦带领着这个古怪的队伍，始终向着艾尔山谷最快入梦的方向前进着。在这奇妙感觉的引领下，他们越来越接近艾尔了。跟着疯狂或者盲目或者受蛊惑的领导人，总能发生这样的事。尽管他们多年来的流浪漫无目的，但仍然去到过形形色色的港口：对于我们来说，不也是一样吗？

终于有一天，远方艾尔高塔的顶端映入他们眼帘，在清晨的阳光中，在山坡的弧线衬托下，映着蓝天熠熠生辉。他们原本的行军路线并非直指艾尔，因此一见高塔，尼瓦立刻转向带队直奔那里而去，然后一路继续前进，就像是新发现了某个城市大门的远征者。他的计划究竟是什么，艾瓦瑞克并不知道，也漠不关心；善德也不清楚，因为尼瓦只说自己的计划必须保密；连尼瓦自己也不知道那是什么，因为他的幻想总是如潮水般涌入脑海旋即又匆匆退去，昨日幻想所催生的计划，到了今天，他怎么可能再弄明白那到底是什么呢？

随后，他们一路前行，很快遇到了一个牧羊人。牧羊人站在羊群之中，斜倚着曲柄杖，一边牧羊一边四处观望，看起来好像对一切都毫不在意，只想看着各种各样的人或动物路过这里，或者若是没人也没动物走过，就一直凝视远山，直到广阔草地上的线条全都印刻在自己的记忆里。这个络腮胡子的男人就这么站着，看着他们一行人走过，一言不发。尼瓦突然从错乱的记忆中想起，自己认识这个人，于是就叫着他的名字打招呼，牧羊人立即应声。除了范德，还能是谁！

接着他们就聊了起来。尼瓦讲话温文尔雅，他通常就是这样跟正常人讲话的，以其高超的模仿能力去学着圣贤的言谈举止，以免艾瓦瑞克再向这牧羊人寻求帮助。但艾瓦瑞克并未求助。他只是沉默地站着，听着别人聊天，但他的思绪已经远远地飘向过去，他们的谈话在他听来不过只是无意义的声响。范德问他们有没有找到精灵界。不过他说话的神情就像是在与小孩子逗趣，问问他们的玩具船是不是开到了快乐岛。他已经跟羊打交道太多太多年了，已经熟知羊需要什么，值几个钱，人们对羊的需求何在；这些东西围绕着他的想象与日俱升，最后铸成了一堵墙，他完全看不到墙后头的任何东西了。他年轻时，也追寻过精灵界——对，他也年轻过。但是现在不了，他如今年纪大了。那都是年轻人的事。

“但是我们都看到它的边界了，”善德说道，“就是那道暮光结界。”

范德说：“不过是黄昏的雾气罢了。”

“我已经站到了精灵界的边缘。”善德又说。

但是范德笑了笑，摇着胡子拉碴的脑袋，倚在长长的曲柄杖上。他慢慢摇头时，每一缕胡子都摆动着，否认善德所说的关于结界的故事。他用宽容一笑置之，严肃的眼神中饱含着人世间的学识。

“不可能，那才不是精灵界。”他说。

尼瓦表示同意，因为他学着圣贤的样子在那察言观色。他们故作轻松地谈起了精灵界，就像人们说起某些梦境，那种黎明时分才梦到但醒来前就消失的梦境。艾瓦瑞克听得满心绝望，他现在发现，莱拉泽尔的永居之地不仅隔绝在结界之外，更是超出了凡人的信仰。因此，一瞬之间，她似乎更加遥不可及了，而他则更加孤立无援了。

“我也曾找过。”范德说道，“但是没找到。精灵界根本就不存在。”

“根本就不存在。”尼瓦说道。只有善德大感惊奇。

“根本就不存在。”范德回应道，摇了摇头，抬眼看着自己的羊群。

他的目光越过羊群，看到了一条闪光的线，正向着他们而来。好长时间，他就这样目不转睛地看着那条闪光的线自东向西越过高地。他呆望得太久，引起了其他人的注意，他们也都转过身来去看。

他们也都看到了，那是一条粼粼闪烁的线，银色的，带了点儿钢蓝色，反射出沿途的奇异色彩，并随之变幻莫测，光耀闪烁。隐约传来了异常古老的歌谣，歌声轻柔，先于银线而至，仿佛山雨欲来风满楼。他们站在那里凝神细望的时候，这银线接触到了范德羊群中站得最远的一只，立刻，它的羊毛就变作了纯金，就像古老的冒险故事里讲的那样；随即那闪亮的线继续推进，那只羊竟完全消失了。现在他们看到的银线成了一道光幕，几乎同小溪上的薄雾差不多高了。范德仍站在原地盯着光线，啥也不想，动也不动。但是尼瓦却迅速地转过身来，向善德简单地示意了一下，便抓住艾瓦瑞克的胳膊，急急忙忙地向艾尔跑去。崎岖不平的田野上，那道闪闪发光的线似乎在每一个凹凸处都磕碰一下、蹒跚一下，因此没有他们跑得这么快。但是，他们停下来休息的时候，那条光线却马不停蹄；他们劳累不堪的时候，那条光线却不知疲倦，只是不断地越过凡世的山川篱障，就连落日也无法改变它的样子，更无法阻拦它的步伐。

Chapter 34

最后一个至尊魔咒

艾瓦瑞克跟着两个疯子急匆匆赶往那片土地，很久之前他曾是那里的王。与此同时，精灵界的号角终日响彻艾尔境内。尽管只有欧里昂听得到，那号角声还是扰动着空气，让天地间飘荡着古怪的金色音乐，让白昼中充斥着凡人都能感觉到的神迹，因此很多年轻女孩都从窗口探出身子，看是什么让这个早晨如此迷人。但随着时间的流逝，艾尔人渐渐对前所未闻的仙乐失去了兴趣，取而代之的是压在心头的沉沉的感觉，似乎预示着未知的奇迹疆域正逐渐地迫近。终其一生，欧里昂总能听到号角声，除非哪天他干了坏事；若是他夜里听到了号角声，他就知道这一天里他没做错任何事情。但是现在，他们一大早就吹响号角，而且整整一天都在吹，就好像行军前的奏乐。欧里昂望向窗外，但什么都没有看到，而号角还在继续，宣告着某些他未知的事情。号角声远远地召唤着，将他的思绪从凡人关心的俗世凡务之中抽离开，从一切投下阴影的事物中抽离开。那一整天他没有跟任何人说话，陪着他的只有矮人和其他追随他们跨过结界的精灵界生灵。所有看到他的人都注意到了他眼中的神色，告诉人们他的思绪已经远远飘到了凡人畏惧的地方。那思绪确实已经远远地抽离开去，再一次与他母亲同在了。而他母亲的思绪也与他同在，那些思绪飞快地掠过我们的原野，那些她不曾理解的凡世原野，一路抛洒着她多年来无法给予的柔情。不知怎的，他知道母亲已经越来越近了。

那个古怪的早晨，磷火躁动不安，矮人在鸽棚上狂躁地跳来跳去，因为精灵界的号角将空气都染上了魔法，使得他们血脉贲张，尽管他们完全听不到那声音。但是，临近傍晚，他们感觉到某种翻天覆地的变化已经迫在眉睫，因此统统变得沉默寡言，郁郁寡欢。有什么唤起了他们对于遥远魔法家园的渴望，就如同一阵来自精灵界清潭的微风突然间拂过了他们的脸庞。他们在街道上跑来跑去，在凡俗的事物之中寻找有魔法的东西，聊以慰藉其孤单之情。但是，他们没有发现任何东西能够比拟那咒语催开的百合花盛开在精灵湖畔。而村民们却感觉魔物简直无处不在，这让他们渴望起正常的凡尘生活能够再次回到艾尔，如同魔法降临到艾尔国度之前那样。有些人急匆匆地离开家，躲到神父那里，在他的圣物之中寻求庇护，以避开笼罩在空中的魔法和遍布街道的亵渎之形。神父用诅咒守护着村民们，那咒语曾驱散了幽光，驱散了几乎漫无目的飘荡的磷火，甚至在很小的范围内吓住了矮人，虽然矮人只是蹦跳着跑开了一小段距离。这一小群村民聚在神父身边寻求慰藉以抵御那迫近的

未知事物，而与此同时，其他的村民则去找铁匠纳尔和手忙脚乱的艾尔长者们，抱怨道："看看你们的好计划成了什么样。看看你们给村子带来了什么。"

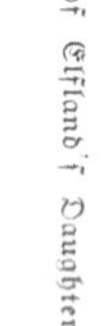

长者们谁也无法马上给出回答，只说他们必须共同商议，因为他们无比信任议会的讨论和决议。为此，他们再次齐聚于纳尔的铁匠铺。这时正是黄昏，但是太阳还没落山，纳尔也还没有收工，不过从铁匠铺里踏进了人影起，他炉火的焰色就开始变得越来越深。长者们走进铁匠铺子的时候满面肃穆，步履缓慢。一方面，因为他们需要营造出神秘感，以免村民们发觉他们有多愚蠢；另一方面，充斥在空中的魔法已经如此强大，他们担心某种不祥即将到来。他们坐在内室召开议会，此时太阳已经西沉，精灵号角已经吹响，若是他们听得到，就会发觉那号角声清晰嘹亮，充满胜利的意味。他们沉默地坐在那里，因为，他们能说什么呢？他们曾经渴求魔法，如今魔法已经降临。矮人遍布大街小巷，地精登堂入室，此刻夜色因磷火而狂躁不已；空气中四处弥漫着未知的魔法。他们能说什么呢？过了一会儿，纳尔说道，他们必须制订一个新的计划；因为他们以前只敬畏上帝，但现在艾尔到处都是魔法生物，而且每晚都有更多的魔法生物从精灵界来到这里，除非他们制订出一个计划，否则怎能恢复旧时的生活？

纳尔的话让大家又鼓起了勇气。尽管那听不到的号角声使他们心中仍然萦绕着不祥的预感，但是说到计划，他们还是振作了起来，因为他们相信自己能够制定出抵抗魔法的计划。接着，他们一个接一个地起身发言，试图讨论出一个计划。

然而，到了日落时分，讨论声逐渐稀疏下来。他们的担忧和害怕此时已不容分说。欧丁和索尔最先察觉，因为他们对森林中的秘密最为熟悉。所有人都知道，有什么东西就要到来了。但没有人知道究竟是什么东西。暮色中，大家都静默地坐着冥思苦想。

乐乐乐最先看到了。那一整天他都梦想着精灵界那草绿色的小湖泊，对凡世越来越厌倦。他独自走到艾尔城堡上耸立的高塔之上，爬上一处城垛，满怀渴望地凝望着家园的方向。他的目光穿过我们所熟知的土地，看到一条粼粼闪烁的光线正向着艾尔移动。而且，每当那条光线在犁沟处漾起涟漪，他都能听到微弱的声音哼唱着许多古老的歌谣从那里传来；随之到来的还有各种各样的回忆，古老的音乐、失落的嗓音，于是时光从尘世间带走的东西又再次席卷了我们古老的土地。那条光线向着他迫近，明亮犹如长庚星，不时有色彩突然闪烁，有些是凡世常见的色彩，有些则是连彩虹也不曾有的，乐乐乐立刻就知道了，这就是精灵界的边界。一看到美丽的家园，他一下子就恢复了粗鲁无礼的天性，站在高高的城垛上发出一阵尖锐刺耳的大笑，笑声传到高塔之下，回响在屋檐之间，就好像筑巢的鸟儿唧唧喳喳。鸽棚里思乡心切的小矮人们都被他的快乐感染，尽管他们并不知道这快乐是打哪儿来的。现在，欧里昂听到那号角声格外嘹亮，近在咫尺，带着胜利的欢心，如此壮丽辉煌，而且其中夹杂着如此深情的低吟。现在他知道这号角为何吹响了，他知道这是昭示着精灵族公主的到来，他知道，他的母亲就要回到他的身边了。

在那高高的山头，女巫辛萝黛尔也知道这一点，因为她已经感知到了魔法的预警。那天傍晚，她向山下望去，看到那条星光般璀璨的边界线由已逝的夏日暮光幻化而成，正向着艾尔推进。女巫看到这熠熠光线越过尘世的牧场，简直要惊叹出声了，尽管凭她的智慧，她早就知道这是必将到来的事情。她看到，光线这一侧是我们熟知的土地，充满了平常事物。而在另一侧，她从高处俯视下方，只见色彩斑斓的结界之外，尽是墨绿色的魔幻树叶、精灵界的奇花异草，还有无论是在谵妄还是神启中都不会出现在尘世中的景象。精灵界的神奇生物源源不断地涌入尘世，而那步入凡世并将精灵界也一并带来的，正是女巫所侍奉的莱拉泽尔公主，她要回家来了，暮色正从她微微张开的双手中倾泻而出。也许是因为看到这个场景，看到各种陌生事物进入我们的世界，又或许是因为随着暮色涌入的旧时回忆或是其中唱响的一些昔日歌谣，辛萝黛尔感到一阵奇怪而喜悦的战栗，若是女巫能够哭泣，她早就泪流满面了。

现在，人们开始能够透过屋舍高处的窗子看到那条绝非凡世暮光的光耀之线了。乍见时还是星点的微光，再看时却汹涌而来。光线推进得很慢，仿佛是尘世的坎坷让它磕磕绊绊，尽管不久前越过精灵王的领土时它的速度比彗星还快。人们突然发觉，过去最亲切最熟悉的事物又重新回到了他们身边，但他们并不感到讶异，因为曾经的记忆在此之前就已经飘过，如同暴雨之前的风突然间刮过他们的屋舍，触及他们的心房。瞧！很久之前早已消逝的东西又回到了他们身边。绝非凡尘所有的光线不断迫近，不远处传来了窸窸窣窣的声音，像是雨滴落在树叶上，像是曾经的叹息再度响起，又像是年老的爱侣反复地絮絮私语。所有人都噤了声，从窗口探出身子。他们沉浸在某种情绪中，温柔而急切地回首往事。当人去楼空，无人照料玫瑰亦无人造访昔日所爱的凉亭，这种情绪便弥漫在古老的花园中，潜伏在巨大的羊蹄叶底下。

这条由星光与旧爱汇聚而成的边界线尚未漫上艾尔的城墙，也没来得及浮上各处屋舍，但此刻它已君临城下了，那些束手束脚的日常琐事全都在不知不觉间悄然消逝，过去的时光再次带给人慰藉，干枯的双手又传给人祝福。现在，大人们纷纷跑出来，冲向正在街头跳绳的孩子们，将他们拉进屋子里，但却没有说出原因，唯恐吓坏了他们的女儿。母亲脸上的警觉之色让孩子们害怕了好一阵子；随后，有些孩子向东边望去，看到了那条闪闪发光的线。“精灵界要来啦！”他们说着，然后继续跳绳去了。

猎犬也都心有所知，尽管我说不好它们都知道了些什么。不过，精灵界对它们产生了某种影响，就如同满月那样影响着它们。它们大声吠叫，就像每个风清月明的夜晚在月光普照大地时那样吠叫。游荡在街头巷尾的狗儿始终警戒着陌生事物的到来，如今它们已明白不断迫近的陌生事物是多么强大，于是它们向整个山谷宣告此事。

原野另一侧的小屋里，老皮匠望向窗外，想看看水井是否已经结冰。他看到五十年前一个五月的清晨，妻子正在采集丁香花。这是因为，精灵界已经让时光倒流了。

这时，寒鸦离开了艾尔的高塔，向西方飞去；猎犬的吠声响彻四面八方，夹杂着幼犬的狺狺声。突然，这一切都停止了，村落笼罩在一片沉寂之中，就如同突然间落满了寸许深的积雪。寂静中隐隐传来了奇异而古老的音乐。所有人都噤若寒蝉。

辛萝黛尔坐在门边，以手托腮，凝望远方，她看到那条粼粼的光线一碰到屋舍便停滞不前，只能从两边寻找方向，但却被房屋阻隔，仿佛遇到了什么比自身蕴含的魔法更为强大的东西；然而屋舍只能抵挡片刻，这奇妙的浪潮便得以突破，泛起一串串绝非凡世所能有的泡沫，就像某种未知金属构成的流星在天空中燃烧。浪潮继续推进，屋舍伫立原地，显得古朴而离奇，充满魔力，就像是传承下来的记忆突然苏醒，回想起了隔世的家园。

随即，她看见了自己曾经抚养长大的男孩，男孩受到某种力量的吸引，正向着暮光走去，那种力量不亚于此时正在移动精灵界的力量。她看到在那笼罩山谷的壮丽光明之中，男孩和母亲再一次相见了。艾瓦瑞克也在她身边，他和她站在一处，稍远处是从精灵界山脉谷地中一路护送她来到这里的诸多奇异生物。那些沉重的岁月负担与流浪的愁苦悲伤在艾瓦瑞克身上全都消失不见了，他又回到了曾经的日子，伴随着古老的歌曲和已逝的声音。经历了时空的阔别，公主与欧里昂在此重逢，但辛萝黛尔看不到公主的泪水，因为尽管公主的泪光如星辰般闪烁，但她身处的结界如同辽阔的行星表面，焕发出的熠熠星辉让她笼罩在光雾里。但是，尽管女巫看不到这幅景象，她那苍老的耳朵却清楚地听到曾经的歌声再次回到了人世间：这些

歌谣古老悠长，已经在精灵界的峡谷中尘封已久，不再有人在凡世的摇篮前将之唱响。如今，这些歌谣悠悠低颂着莱拉泽尔与欧里昂的重逢。

尼瓦和善德最终还是从强烈的幻想中解脱出来了，因为他们狂野的思绪沉浸在在精灵界的平静之中，伴随着夜幕的降临，如同鹰隼栖息在枝头一般沉沉睡去。辛萝黛尔看到他们肩并肩站在曾经的高地边缘，与艾瓦瑞克隔着一段距离。而范德站在金色的羊群中间，那群羊正咀嚼着奇妙的鲜花，品尝着花里古怪的蜜汁。

莱拉泽尔带来了这一切奇迹寻找她的儿子，连精灵界也一并带来了，此前它从未在结界上移动过哪怕是一株风信子生长的距离。他们的重逢之地是艾尔的高塔下一处古老的玫瑰园，莱拉泽尔曾在此漫步，自从她离开后再无人问津。如今长长的杂草挺立在花园的步道上，即使它们早已在十一月末的严寒中枯萎。欧里昂从中走过，干枯的茎秆在他脚边轻声作响。在他身后，棕黄的枯草再次弹起，覆盖着无人照料的小径，但在他面前，大蓬大蓬妖娆华丽的玫瑰随着夏日一同绽放，容光焕发，美不胜收。莱拉泽尔将十一月逼得节节败退，又将玫瑰盛放的季节带回她的花园。她与欧里昂就重逢在这两个时节的交界处。有那么片刻，他身后那萧条的花园一片枯黄，但一瞬间，一切闪回到花团锦簇，鸟儿在一百架凉棚上恣意欢唱，欢迎昔日玫瑰朋友的回归。美好而光明的日子又回到了欧里昂身边，他始终将这些日子的模糊浅影珍藏在记忆中，就像是珍藏着人类所有财富中最为宝贵的部分，不过那存放宝藏的宝箱上了锁，而我们缺少一把开启的钥匙。旋即，精灵界向着艾尔倾泻而入。

此时仍属于凡世的，就只有神父的圣所和周围的花园了：那里形成了一个由奇迹环绕的小小孤岛，就像一座山峰，怪石嶙峋，孤峰独立，黄昏时分的雾气从高原山谷之中蒸腾而上，仅有一座最高的山峰还阴郁地凝望着群星。神父的圣钟击退了符咒与暮光，使之在不远处形成一个包围圈。在这里，神父在圣物之中生活，感到幸福而满足，且不觉孤独，因为有几个受阻于魔法之潮的人也生活在这个神圣的孤岛中，侍奉着他。神父活得比普通人要久，但并不及魔法的时光。

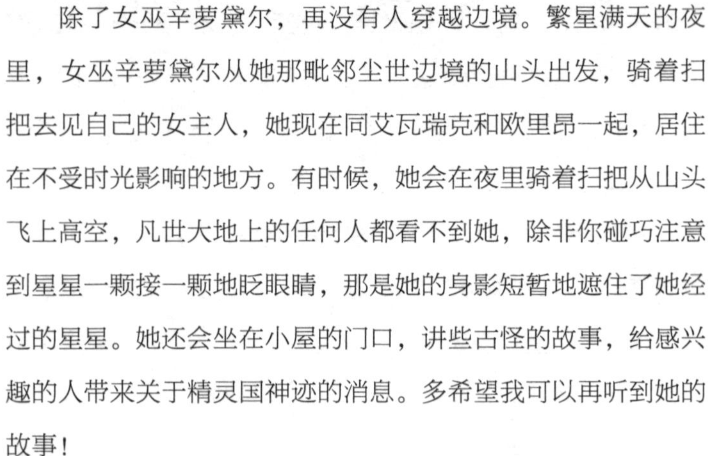

除了女巫辛萝黛尔，再没有人穿越边境。繁星满天的夜里，女巫辛萝黛尔从她那毗邻尘世边境的山头出发，骑着扫把去见自己的女主人，她现在同艾瓦瑞克和欧里昂一起，居住在不受时光影响的地方。有时候，她会在夜里骑着扫把从山头飞上高空，凡世大地上的任何人都看不到她，除非你碰巧注意到星星一颗接一颗地眨眼睛，那是她的身影短暂地遮住了她经过的星星。她还会坐在小屋的门口，讲些古怪的故事，给感兴趣的人带来关于精灵国神迹的消息。多希望我可以再听到她的故事！

精灵王发出了自己的最后一个能够撼动世界的至尊魔咒，他的女儿也再次高兴起来。与此同时，巨大王座之上的精灵王深吸一口气，吸入了笼罩精灵界的平静——他的疆域无不沉浸在那永恒的长眠之中，夏天里墨绿的池塘完全无法与之媲美。艾尔也与精灵界一同陷入了梦境，就这样从所有人的记忆之中消失了。至于那曾组成艾尔议会的十二人，他们曾聚集在这内室里，就在纳尔的铁匠铺边上制定计划，如今他们从内室的窗子里向外望去，遥望着熟悉的原野，心中清楚那里已经不再是我们所熟知的土地了。